할머니와
디지털 훈민정음

할머니와
디지털 훈민정음

세미가 글 · 규리안 그림

좋은땅

목 차

완도 할머니 집 가는 길

근후네 가족은 주말에 할머니 댁인 완도로 갑니다. 광주에서 나주, 영암, 강진을 지나 도착한 완도 관문에는 '건강의 섬 완도'라고 쓰여 있습니다.

"근후야, 왜 완도는 '건강의 섬'이라고 하는지 아니?" 큰누나가 물어봅니다.

"음…. 튼튼한 사람들이 사는 곳이니까."라고 근후가 답합니다.

"완도에는 전복, 멸치, 김, 미역, 다시마 등 건강에 좋은 해

산물들이 많이 나오는 곳이야, 깨끗한 바다와 공기가 좋아서
건강의 섬이라고 하는 거야."

"깨끗한 바다에서 나오는 음식들을 먹으면 건강해져요?"

"깨끗한 바다에서 건강하게 자란 음식을 먹으면 건강해지
지."

"저도 완도에서 나오는 맛있는 음식을 잘 먹고 운동도 열심
히 하면 건강하게 쑥쑥 크겠네요."

"당연하지, 우리 근후도 건강하게 쑥쑥 클 거야."라고 큰누
나가 말했습니다.

저 멀리 칼을 들고 서 있는 큰 장군 동상도 보입니다.

"아빠, 저기 큰 동상이 보이는데, 무슨 동상이에요?"

"저 동상은 통일 신라 시대 우리나라 바다를 지켰던 장보고 장군 동상이란다. 완도는 무역을 활발히 했던 바다 무역의 중심지였단다. 그리고 해적을 소탕하는 용감한 해군도 있었단다. 그때 완도 이름을 '청해진'이라고 불렀단다."

"아빠, 장보고 장군과 군인들은 건강한 해산물을 많이 먹어서 나라를 잘 지키는 용감한 사람이 되었나 봐요."

"근후 말처럼 장보고 장군은 해산물을 많이 먹었겠구나."

"근후야 완도 이름에 예쁜 뜻이 있는데 무엇일까?"

엄마가 말했습니다.

"완도는 '건강의 섬', '청해진', 그리고 또 다른 이름이 있어요?"

"완도 이름의 뜻은 '빙그레 웃는 섬'이란다. 완도(莞島)의 한자 뜻이 '빙그레 웃는 섬'이야."

"엄마, 저는 '빙그레 웃는 섬'이라는 말이 참 좋아요. 엄마 아빠가 빙그레 웃는 모습이 저는 참 좋거든요."

"누나가 근후처럼 어렸을 때는, 부둣가에서 배에 차를 싣고 할머니가 사는 섬 신지도까지 들어갔었는데, 근후는 차를 싣고 가는 배 안 타 봤지?" 작은누나가 말했습니다.

"아빠 차를 배로 싣고 할머니 집으로 갔다고요?"

"지금은 다리를 연결해서 우리가 바다 위를 이렇게 차로 달리지만, 배를 타고 할머니 집에 갈 수 있었어."

"저도 차를 싣고 가는 배를 타고 싶어요."

"신지대교가 생긴 이후에는 배들이 다른 섬으로 가서 이제는 그 배를 탈 수가 없단다."

신지대교를 지나 한참 가다 보니 'ㅁ ㅅ ㅅ ㄹ'라는 글자 초성 모양이 크게 보였습니다.

"엄마 저 글자는 무슨 뜻이에요?"

"명사십리 해수욕장 초성이야. 앞 글자를 딴 모양이지."

"명사십리가 무슨 뜻이에요?"

"명사십리는 해수욕장 이름이야. 고운 모래의 울음소리가 저 멀리 십 리를 간다고 해서 명사십리라고 한단다."

"고운 모래 울음소리가 멀리 간다는 것이 참 멋진 것 같아요."

신지도에서도 명사십리 해수욕장을 지나 독고재라는 고개를 넘어서 한참을 가야지 할머니 집에 갈 수 있습니다.

할머니 집 큰 거실에서 근후는 장보고 장군이 되고, 아빠는 해적이 되어 싸움 놀이를 재밌게 했습니다.

하얀 새들이 멋지게 날아다니는 앞산과 감나무, 귤나무, 꽃과 화분이 가득한 마당을 무대로 음악도 크게 틀고 춤도 마음껏 추었습니다.

바다에서 신나는 놀이

할머니 집에서 조금 걸어 나가면 아주 넓고 푸른 바다가 있습니다. 바다 끝에는 풍력발전기가 돌아가는 모습이 커다란 바람개비가 돌아가는 것처럼 보입니다. 근후는 누나들과 함께 바닷가에 자주 나가 놀았습니다. 크고 작은 배들을 보며, 근후는 장보고 장군처럼 용감하게 해적들을 물리치는 상상을 해 보았습니다. 갯바위에는 푸른 해초들과 고동들이 붙어 있고, 작은 게들이 바위 사이로 빠르게 기어 다닙니다.

손이 빠른 큰누나가 작은 게를 잡아서 근후에게 보여 주었습니다. 근후는 게의 집게발이 물까 봐 선뜻 손을 내밀지 못합니다.

"게의 집게발이 작아서 물지 않을 거야."

큰누나가 근후의 작은 손바닥 위에 작은 게를 올려 줍니다. 근후는 조금 긴장되었지만, 누나 말을 믿고 작은 게를 손바닥으로 받습니다. 누나 말처럼 게의 집게발이 작아서 그런지 아프지 않고 간질거리기만 했습니다. 근후 손에 작은 게가 손을 간질거리며 걸어가는 모습이 집에서 가지고 놀던 자동차가 옆으로 달리는 것 같기도 하고 신기했습니다.

큰누나가 모래밭 위에서 높이 뛰기 놀이를 제안합니다.

"팔을 하늘 위로 들고 날아가는 자세로 뛰면서 사진을 찍으면, 슈퍼맨처럼 하늘을 나는 것처럼 보일 거야. 한번 해 볼까?"

큰누나가 "하나 둘 셋, 하면 하늘 높이 뛰는 거다! 하나! 둘! 셋!" 소리쳤습니다.

작은누나랑 근후는 팔을 높이 들고 있는 힘껏 뛰었습니다. 큰누나가 설정해 놓은 카메라로 사진을 찍고 확인했습니다. 처음에는 누나들도 높이 뛰기가 안 되었지만, 몇 번 연습하고 사진을 찍자 누나들은 하늘 높이 잘 뛰었습니다. 근후는 몇 번 연습해도 높이 뛰는 것이 어려웠습니다. 하늘 높이 뛰고 찍은 사진을 몇 번이나 확인했습니다.

"근후야, 다리를 엉덩이 쪽으로 뒤로 딱 붙이면, 하늘을 나는 것처럼 사진을 찍을 수 있을 거야." 큰누나가 근후에게 설명을 해 주었습니다.

근후도 다리를 엉덩이 쪽으로 붙이며 뛰었습니다.

사진 속 근후와 누나들은 하늘을 나는 슈퍼맨처럼 멋지게 나왔습니다. 한참 높이 뛰기 놀이를 하다 보니, 옷이 다 젖을 정도로 땀이 났습니다.

높이 뛰기 놀이에 지친 작은누나는,

"이제는 물수제비뜨기를 해 보자."라고 했습니다.

작은누나는 돌멩이를 바다 위에 살짝 던져 튀기었습니다. 누나들 물수제비는 바다 위로 통통통 튀며 잘 튀겨지는데, 근후의 물수제비는 퐁 하고 바다 밑으로 내려가 버립니다. 누나들은 재밌게 물수제비를 튀기는데, 물수제비가 안 튀겨지는 근후는 재미가 없었습니다.

"나는 물수제비 재미없어….”라고 말하자, 작은누나는 근후에게 물수제비 튀기는 법을 알려 주었습니다.

"근후야, 납작한 돌멩이를 골라서, 바다 수면 위로 비스듬히 튕겨 내는 거야, 누나랑 한번 해 보자.”

작은누나가 근후 손을 잡고 납작한 작은 돌멩이로 물수제비를 튀겨 주었습니다.

드디어 근후가 던진 돌멩이도 '통통통' 세 번이나 튀어 날아갔습니다.

"우리 근후 금방 배우네, 잘한다! 혼자서 한번 해 봐.”

근후 혼자서도 통통 물 위를 튀는 물수제비를 만들 수 있었습니다. 조금씩 더 멀리 여러 번 물수제비가 튀겨져 나가자 근후도 재밌었습니다. 붉은 노을이 물들 때까지 근후는 누나들과 바닷가에서 재밌게 놀았습니다.

20XX년 X월 X일 X요일
할머니 집 앞바다에서
누나들과 함께 놀았다.
하늘로 날기, 던지기
놀이를 했다.
할머니 집에 오면 신
나는 일들이 많다.

3

할머니 손수레 밀어 드리기

　다음 날 아침, 아빠와 누나들은 바닷가에 나갔고, 엄마는 아침 식사를 준비하고, 할머니는 밭에 간다고 합니다. 근후는 할머니를 따라 밭으로 갔습니다. 빨간 고추, 잘 익어 가는 감, 가시가 뾰족한 푸른 나뭇잎 사이로 노랗게 익어 가는 유자, 누나가 좋아하는 보라색 가지, 아빠 얼굴보다도 훨씬 큰 호박도 가득합니다. 이 모든 것을 할머니 혼자서 심고 키웠다고 합니다. 할머니는 엄마가 읽어 주는 동화책 속에 나오는 요술 지팡이가 있나 봅니다.

할머니는 유자를 따기 시작했습니다. 잘 익은 유자로 겨울에 근후가 먹을 수 있도록 차를 만들 거라고 합니다. 푸른 나뭇잎 속 뾰족한 가시 사이로 노랗게 익은 유자를 할머니가 따서 주면, 근후는 유자 개수를 세며 큰 광주리에 담습니다. 할머니가 감과 고추를 딸 때는 근후는 밭을 무대로 노래도 하고 춤도 춥니다.

할머니 밭에는 보라색 가지들도 많이 있습니다. 매끈한 가지 위에 작은 가지꽃이 피었습니다. 근후는 작은누나가 좋아하는 가지와 엄마가 좋아하는 가지꽃을 선물하고 싶었습니다.

"할머니, 이 작은 가지랑 가지꽃 꺾어 가도 돼요?"

"당연하제, 근디 가지랑 가지꽃을 머에 쓸라고?"

"작은누나는 가지 요리를 좋아하니까 가지를 따다 주고, 보라색을 좋아하는 엄마에게 가지꽃을 선물하게요."

"당연하제, 이 밭은 다 근후 거여. 근후 꺾고 싶은 거, 따고 싶은 거 다 해도 돼야. 우리 근후 줄라고 기른 거여."

근후는 가지와 가지꽃을 조심스럽게 땄습니다. 가지는 할머니 광주리에 넣고 엄마에게 선물할 작은 가지꽃은 호주머니에 조심스럽게 넣었습니다. 유자와 고추, 가지, 감이 가득한 수레를 할머니가 끌기 시작했습니다.

"할머니, 제가 밀어 드릴게요." 라며 근후가 손수레를 밀기 시작합니다.

"우리 근후가 아조 힘이 쎄다. 근후가 밀어 주니 한나도 힘들지가 않다야. 우리 근후가 최고여!!"

할머니와 손수레를 밀며 근후의 이마에 땀이 송골송골 맺혔습니다. 집에 도착해 부엌에서 요리를 하고 있는 엄마에게,

"엄마 제 선물이에요." 작은 가지꽃을 선물했습니다.

"엄마가 좋아하는 예쁜 보라색 꽃이구나. 근후야, 고마워."

라며 빙그레 웃었습니다.

근후는 엄마의 웃는 얼굴을 보는 것이 가장 행복합니다.

아빠는 누나들과 아침 일찍 선착장에서 낚시로 생선도 잡아 오고, 군소랑 바위에 붙어 있던 고동을 잡아 왔습니다. 낚시로 잡은 생선 중 큰 것은 아빠가 회를 뜨기로 했습니다. 군소는 검고 커다란 모양이어서 바다 괴물처럼 무섭게 보였지만, 엄마가 잘 씻어서 삶자 아주 작은 검은색 고무신처럼 줄어들었습니다. 군소는 양파와 고추장 양념을 해서 무침을 해서 먹었는데 근후에게는 너무 맵고 질겼습니다. 근후는 매운 것을 잘 먹지 못하는 작은누나랑 삶은 고동을 먹었습니다.

아침 식사를 하면서, 할머니는

"우리 근후가 유자 딴 것도 도와주고, 리아카도 밀어 주고, 다 컸어야."라고 말했습니다.

"우리 근후가 할머니 도와주는 최고의 일꾼이네. 이제는 아기 아니고 멋진 형아구나." 라고 아빠가 칭찬을 해 주었습니다. 근후는 기분이 으쓱 좋았습니다.

할머니의 요술지팡이 ☀ ☁ ☁ ☂ ☃

할머니와 밭에 갔다.

밭에는 과일도 많고

채소들도 많았다.

모두 할머니가 길렀다고 한다.

할머니는 만능 박사

요술 지팡이가 있나 보다.

할머니랑 감과 유자 따는 것을

도와드렸다.

밭에서 멋진 춤도 췄다.

할머니 손수레도 밀어 드렸다.

아빠가 칭찬해 주었다.

엄마에게 할머니 밭에서 딴

예쁜 보라색 가지꽃을 선물했다.

엄마가 빙그레 웃었다.

기분이 좋았다.

멋진 무대가 된 밤바다

저녁이 되면, 완도의 밤은 유난히도 깜깜합니다. 가로등도 많이 없고, 집 앞 논도 뒷산도 검게 변합니다. 온 세상은 까맣고 하늘의 별들만 가득한 밤하늘 아래에서, 아빠가 마당에 등을 설치하고, 평상 위에 상을 놓고, 그 옆에는 숯불을 피웁니다. 큰 숯불 판 위에는 소고기와 삼겹살, 장어, 버섯도 통으로 굽습니다. 엄마는 마당에서 먹을 밥과 반찬, 채소들을 쟁반에 챙겨서 나옵니다. 큰누나는 근후가 먹을 음료수와 컵도 챙겨다 줍니다. 숯불에 소고기와 장어가 익자 큰누나는 가장 먼저 할머니 밥 위에 올려 줍니다.

"할머니, 소고기가 아주 부드러워요, 많이 드세요."

"나는 안 묵어도 괜찮다. 느그들이나 많이 묵어라. 여기 김장 짐치도 맛있는께 같이 묵어 보고, 이 짱아찌도 같이 묵으면 맛있어야. 느그들이 많이 먹고 더 건강해져야제."

"할머니가 많이 드시고 건강하게 오래오래 사셔야지요."

"아이고 내가 먼 복인지 모르겠다. 이게 행복이지 머가 행복이건냐?"

누나들과 할머니는 서로 많이 먹으라고 고기를 챙겨 줍니다. 근후는 할머니와 엄마가 챙겨 주는 소고기도 마음껏 먹고, 큰누나가 틀어 준 음악에 맞춰 춤도 추고 신나게 뛰어다닙니다. 고기 굽기가 끝나 가면, 숯불에 은박지로 싼 고구마를 넣어 굽습니다. 군고구마는 할머니가 제일 좋아하는 음식입니다. 마당에서 고기를 굽는 날이면, 고기 냄새 때문인지 검은 고양이, 노란색과 흰색 얼룩 고양이가 찾아옵니다. 근후는 아빠에게 고양이들도 먹을 수 있게 고기를 나눠 주자고 합니다. 생선과 고기를 고양이들에게 던져 주면 고양이들은 순식간에 물고 갑니다. 덩치가 큰 고양이는 여러 번 먹지만, 덩치가 작고 야윈 고양이는 계속 고기를 먹지 못해서 근후는 속상합니다. '고양이들도 사이좋게 나눠 먹고 다 같이 쑥쑥 크면 좋을 텐데….'

근후가 좋아하는 고양이도 많고, 할머니는 근후가 좋아하는 것은 무엇이든 해 주니, 할머니 집에 오면 빙그레 웃을 일이 많습니다.

저녁 식사 후, 누나들은 할머니랑 바닷가 정자에 산책하러 가기로 했습니다. 근후도 따라 나왔는데, 너무나 깜깜한 밤이 무서웠습니다. 근후 동네는 밤에 가로등이 많아 깜깜하지 않은데, 할머니 동네는 너무나 깜깜합니다. 할머니 집 앞 논과 밭, 바다도 온 세상이 까만 괴물들의 세상이 된 것 같습니다.

'정말 괴물이 나오지 않을까?' 근후는 걱정이 되어 할머니 손을 꼭 잡았습니다.

"바다 괴물이다!!" 작은누나가 근후 뒤에서 큰 소리로 놀렸습니다.

심장이 콩닥콩닥 빠르게 뛰기 시작했습니다.

이러다가 심장이 딱 멈춰 버리는 것 아닌지 모르겠습니다.

"근후는 아기니까 무섭지?" 작은누나가 놀렸습니다.

"아니야. 근후는 형아야. 이제는 꽃잎 반이라고."

"근후는 괴물 무서워하는 겁쟁이지?"

"아니야. 근후는 용감 씨야!"

라고 말하며 할머니 손을 꽉 잡았지만,

근후 등 뒤로 흐르는 식은땀이 티셔츠를 적셨습니다. 너튜브 영상에서 봤던 심야괴담 귀신 같은 괴물이 바닷속에서 나올 것 같아 무서웠습니다.

"우리 근후가 이렇게 컸는디, 이제 성아 반이지, 어떤 괴물이 나와도 우리 근후는 못 잡아간다. 이 햄미가 다 물리쳐 줄 것잉께."

라고 할머니의 거친 손이 근후의 작은 손을 꽉 잡아 주었습니다.

"우리 근후는 완도 바다를 지켰던 장보고 장군처럼 씩씩하지?" 큰누나도 근후 편을 들어 주었습니다.

작은누나가 한 번만 더 놀라게 하면 심장이 멎을 것 같고, 눈물이 나올 것처럼 무서웠지만, 근후는 눈을 질끈 감고 바다를 향해 걸어갔습니다.

늦가을의 선선한 바람과 밤하늘에 빼곡히 빛나는 별들이 바다 위에도 가득히 내려앉았습니다. 바닷가 건넛마을에 띄엄띄엄 있는 가로등과 불빛들이 평화롭게 빛나고 있었습니다. 저 멀리 큰 바람개비 같은 풍력발전기에서도 윙윙거리는 소리가 가끔 들려왔습니다. 바람이 솔솔 불어오는 바닷가 정자에 앉아서 작은누나가 기타를 치기 시작합니다.

큰누나가 "할머니랑 근후도 좋아하는 밝은 노래로 바꾸자." 라고 말했습니다. 작은누나가 신나는 노래 연주를 하자, 큰누나는 노래를 부르기 시작합니다. 근후는 춤을 추기 시작했습니다.

할머니는 "오메 재미지다, 우리 근후가 최고다!"라고 손뼉을 치며 덩실덩실 춤을 추었습니다. 바닷가 괴물이 나올까 봐 심장이 두근거렸던 근후의 두려움은 사라졌습니다. 파도의 출렁거리는 소리, 누나의 기타 소리, 멀리서 들려오는 거대한 바람개비 소리, 수많은 별이 조명이 되어 근후의 멋진 무대를 만들어 주었습니다.

근후네 가족은 멋쟁이

할머니 마을에는 대부분 할머니 할아버지들 혼자 살고 있습니다. 근후나 누나들 또래의 학생이 마을에는 한 명도 없습니다. 엄마 아빠가 다녔던 초등학교에는 전교생이 20명도 안 된다고 합니다. 엄마 아빠가 학교에 다닐 때는 마을에 친구들이 많았다고 합니다. 이제는 할머니 할아버지들만 사는 마을이 되었습니다. 마을회관에 가면 할아버지들은 바둑과 장기를 두는 거실에 있습니다. 할머니들은 방에서 노래하는 TV프로그램을 보고 있습니다. 근후 할머니는 오랫동안 마을 부녀회장입니다. 완도에서 가장 나이가 많고 가장 오랜 시간 동안 부녀회장을 했다고 합니다.

"누나, 할머니는 부녀회장이라는데, 부녀회장이 뭐야?"

"음…. 부녀회장은 마을을 대표해서 회의도 가고, 마을에 봉사하는 사람이니, 학교 반장이나 봉사부장 같은 거야."

부녀회장은 봉사활동도 가고, 회의도 가고, 행사 지원, 마을 어르신들 드실 맛있는 음식도 하는 일을 한다고 합니다. 할머니는 바다와 밭에 일도 하고, 회의와 봉사도 다녀야 하고, 마을 어르신들도 도와드리고 늘 바쁘게 움직입니다. 마을 어르신들을 위해 맛있는 음식도 대접하고, 명사십리 해수욕장에 있는 목욕탕도 모시고 갑니다. 어버이날 행사나 마을 잔치가 있으면 근후 할머니가 대장처럼 일합니다.

매년 할머니 생신 때는 큰아빠, 고모들까지 온 가족이 완도에서 모입니다. 제주도에 사는 큰아빠네 가족들, 광주에 사는 큰고모네 가족과 서울 사는 작은고모, 근후네 가족이 모두 모

여 음식을 준비하고 할머니 생신 파티를 합니다. 특히 근후
말은 무엇이든 들어주는 사촌 누나들과 싸움 놀이와 게임을
잘하는 사촌 형도 옵니다. 온 가족이 모이는 날은 근후가 하
고 싶은 모든 놀이를 할 수 있어 신납니다.

　3월 첫째 주말 할머니 생신 때는, 마을 어르신들에게 음식
을 대접하자고 엄마가 제안했습니다. 큰아빠네 가족들과 고
모들도 모두 좋다고 했습니다.
　"맛있는 딸기 케이크를 할머니 생신 때 사 가요. 할머니들
과 나눠 먹을 수 있게 제일 큰 걸로요."라고 근후가 말했습니
다. 딸기 케이크는 근후가 가장 좋아하는 케이크이니 할머니
랑 함께 먹고 싶었습니다.

할머니 생신 날, 고기와 과일은 광주에서, 싱싱한 해산물은 완도에서 한가득 사서 할머니 댁으로 갔습니다. 할머니 집에 도착하니, 벌써 도착한 큰아빠네 가족들은 음식을 준비하고 있었습니다. 요리를 잘 만드는 큰아빠는 제주오겹살, 갈비찜과 해파리냉채를 만들고, 큰엄마와 사촌 누나들은 과일과 샐러드를 준비하고, 아빠는 전복회와 광어회를 뜨고, 고모들은 누나들과 잡채와 전과 튀김을 준비하고, 엄마는 성게 미역국, 할머니는 해삼초무침과 돼지고기 수육을 만들었습니다. 근후는 사촌 형이랑 방앗간에 떡을 찾으러 갔습니다.

온 가족이 부엌과 마당에서 아침 일찍부터 분주하게 음식 준비를 시작했습니다. 점심이 되기 전에 음식 준비가 다 되었습니다. 마을 회관으로 가서 음식을 차리는 팀과 음식 배달 팀, 두 팀으로 나뉘었습니다. 큰아빠네 가족들과 고모들은 마을회관 상차림 준비를 하였습니다. 근후네 가족들은 몸이 불편해서 마을회관에 오지 못하는 할머니 할아버지 댁에 음식을 가져다드리기로 했습니다.

할머니가 마을회관에 오시지 못하는 할머니 할아버지 댁에 가져다줄 음식을 쟁반에 담아 주면, 근후네 가족들이 배달부가 되기로 했습니다. 할머니는 어르신들이 좋아하는 음식을 맞춤으로 준비해 주었습니다. 고기를 좋아하는 어르신 집에는 고기를 많이 넣고, 떡을 좋아하는 할머니 집에는 떡을 더 많이 챙겨 주었습니다. 치아가 안 좋은 어르신 댁에는 음식을 최대한 잘게 썰어서 준비해 두었습니다.

첫 번째로, 큰누나랑 근후는 홀로 사는 무화과 할머니 댁에 음식을 가져다드렸습니다. 무화과 할머니는 얼굴에 검은 점도 많고 머리가 새하얀 할머니였습니다. 근후 할머니보다 나이도 훨씬 많아 보였습니다.

"아야 여기꺼정 머 할러 가져왔다냐. 고맵다잉, 고매워."

"아니에요. 저희 할머니께서 할머니 치아가 안 좋으니 고기

랑 음식들을 최대한 작게 썰었다고 꼭꼭 씹어서 드셔야 한다
고 하셨어요. 할머니, 맛있게 드세요."라고 말했습니다.

"오메 고맙다. 고매워. 아야, 가기 전에 이 전화 좀 봐 줘야.
온종일 울어대서 나가 시끄러워서 못 살겠다."

무화과 할머니가 밥통에서 꺼낸 휴대전화를 큰누나에게 봐
달라고 했습니다.

큰누나가 휴대전화를 살펴보더니,

"할머니, 알람이 새벽 4시, 오전 9시, 오후 12시,

오후 3시, 오후 6시 세 번씩 반

복해서 울리게 설정이 되어

있었어요. 여기 알람 설정

때문에 온종일 알람 소리가

울렸던 거예요."

"아이고 너무 시끄러워서, 오늘 새백에는 전화를 안 쓰는
밥통 안에 넣어 놨다. 누가 소리를 울리게 했다냐. 나는 손도

안 됐는디."

"할머니, 몇 시로 알람을 맞춰 드릴까요?"

"새벽 4시 30분에 소리가 나면 좋겄다."

"할머니, 이제 4시 30분에만 소리가 나게 설정했어요. 앞으로는 낮에는 시끄러운 알람 소리가 안 날 거예요."

"아이고 고맙다잉. 매칠 동안 시끄러워서 살 수가 없었는디, 큰 시름을 덜었다. 이거 가져가서 묵어라."

라며 말린 무화과 한 바구니를 챙겨 주셨습니다.

"누나, 할머니가 무화과를 정말 많이 주셨다. 무화과를 좋아하는 큰고모 가져다주면 좋겠다."

"그러게, 할머니가 무화과를 한 바구니나 주셨네. 특별히 해 드린 것도 없는데 말이야."

큰누나는 휴대전화도 잘 만지고, 자동차와 로봇 조립도 잘합니다. 무화과 할머니에게 설명도 쉽게 잘 해 주는 큰누나가 정말 멋있어 보였습니다.

근후와 큰누나는 마을회관에 도착했습니다.

근후는 "고모가 좋아하는 무화과 선물이에요."라며 뛰어가 큰고모에게 무화과 바구니를 전해 주었습니다.

"고모가 좋아하는 무화과를 가득 가져왔구나. 근후야 고마워."라며 큰고모가 빙그레 웃었습니다.

큰누나는 과일을 깎고 있는 사촌 누나들과 상차림을 돕기로 했습니다.

아빠와 근후는 이번에는 마을 맨 꼭대기 집인 감나무 할아버지 댁에 음식을 가져다드리기로 했습니다. 감나무 할아버지 댁에는 큰 감나무가 마당에 있어서 마을 저 멀리에서도 감나무가 크게 보입니다. 감나무 할아버지는 며칠 전부터 편찮으신지 마을회관에 나오시지 못했다고 합니다.

마을 맨 꼭대기 집이라서 비탈길을 한참 올라가야 합니다. 비탈길이라서 숨도 차고 땀도 났지만, 아빠랑 끝말잇기 게임도 하고, 강아지도 만나고, 새끼 사슴에게 인사도 했습니다.

아빠와 근후가 감나무 집 마당에 들어서자, 늑대처럼 생긴 큰 개가 사납게 짖기 시작했습니다. 근후는 무서워서 아빠 뒤로 숨었습니다. 개 짖는 소리에 할아버지가 방문을 열었습니다. 할아버지는 아빠와 근후를 보며 "어여 와라."라며 손짓을 했습니다.

"덕구야, 조용히 혀라!" 할아버지가 개에게 크게 소리를 지르니 조용해졌습니다.

마루에 올라서며 아빠가 말했습니다.

"아부지, 저 왔어라."

"아야 여기까지 뭔 일이다냐?"

"엄니가 음식 준비한 거 아부지 드리라고 해서 좀 가져왔어라."

"뭘 나까정 챙긴다냐?"

"정호랑 어렸을 때 자주 와서 저 감도 따 먹고 했는디, 감나무는 여전하네요. 정호는 가끔 집에는 온다요?"

"정호는 바뻐서 자주 못 온다. 내가 몸이 성할 때는 어장에서 잡은 바다 거랑 밭에 것들 따서 목포에 댕겨오고 했는디, 몸이 시원찮여."

"편찮으신 거 아닌지 엄니가 걱정하던디, 몸은 괜찮으시오?"

"특별히 아픈 건 아니고, 나이 묵으니 성한 곳이 없어야. 지침도 자주 나고 나이 묵어서 그라제. 그런디, 니는 나이 묵을수록 니 아부지를 빼다 박았다잉. 아들 손주도 아부지를 빼다 박았고잉. 니 아부지가 살았으면 얼마나 좋아했을까나."

"아들 손주를 엄청 기다렸는디, 못 보고 돌아가셔서 그게 많이 아쉽지라. 아부지 생활하는 데 어디 불편한 것은 없소?"

"며칠 전부터 개스랜지가 소리만 나고 안 키진다. 한짝을 키고 다른 짝을 키면 둘 다 꺼져 부러야. 고장이 나서 새 놈으로 사야 하는지, 나이 먹으니 기계나 사람이나 자주 고장이 나분다."

"제가 함 봐 드릴께라."

아빠가 가스레인지를 몇 번 켜 보고 둘러보았습니다.

"아부지, 가스레인지 안에 넣는 배터리가 떨어진 것 같은디라."라고 말했습니다.

아빠는 빨리 차에 다녀온다고 근후에게 혼자 기다리라고 했습니다. 근후는 마당으로 나와 무서운 개랑 멀리 떨어져 있는 닭을 보며 기다렸습니다. 닭은 네 마리가 있었습니다.

"꼬꼬닭아 네 이름은 뭐니?"

"오늘 달걀을 몇 개나 낳았니?"

근후는 외할머니 댁에 닭이 있어서 닭을 보고 노는 것을 좋아했습니다. 닭은 달걀을 매일 낳아서 외할머니가 매번 달걀도 많이 챙겨 주었습니다. 닭들과 놀다 보니, 아빠는 금방 배터리와 공구 상자를 가지고 왔습니다. 가스레인지 배터리를 바꾸자 가스레인지의 파란 불이 활활 타오르기 시작했습니다. 싱크대 문이 삐뚤어져 있는 것도 아빠가 뚝딱뚝딱하니 반듯해졌습니다. 대문이 잘 안 닫히는 것도 금방 고쳤습니다.

"아이고, 나이 먹으니 개스랜지 빳떼리가 떨어져서 안 키진다는 생각은 못 허고 새 놈으로 사야 하나 생각했다잉. 고맵다. 고매워."

"아부지, 별말씀을요. 저는 주말에 자주 내려오니 불편한 일 있으면 언제든 말하시오. 제가 할 수 있는 건 고쳐 드릴께라."

집을 다 고치고 나가려는데, 할아버지가,

"아야, 이거 가져다가 맛난 거 사 묵어라." 근후에게 파란색 종이돈을 주었습니다. 근후는 받아야 할지, 말지 주춤하고 있었는데,

"할애비가 주는 건 괜찮응께 받어라잉, 어여."

라고 했습니다.

아빠 눈치를 보자, 아빠도 받으라는 눈짓을 했습니다.

"감사합니다. 할아버지."

근후는 두 손으로 할아버지가 주신 종이돈을 받았습니다.

"여기꺼정 와 줘서 고맵다. 엄니한티도 잘 묵는다고 말혀라."

"예, 아부지. 다음에 오면 또 들릴께라."

마을회관 가는 길에 근후는 아빠에게 물었습니다.

"아빠는 왜 완도에 오면 다른 말을 써요?"

"아빠가 어렸을 때 완도에서 쓰던 말인데, 사투리라고 하는 거야. 이렇게 말을 해야 어르신들이 잘 이해하니까, 아빠도 완도 어른들 쓰는 말을 쓰는 거란다."

"아빠, 우리 할머니는 다른 할머니들이랑 말하는 게 조금 다른 것 같아요."

"우리 할머니는 고향이 제주도여서 제주도와 완도 말을 함께 쓰니까 조금씩 다른 거야. 부산이 고향인 할머니는 부산 말과 완도 말을 쓰니까 다르기도 하단다."

"할머니들 말이 다른 이유가 고향이 달라서군요. 아빠, 그럼 저도 제주도와 완도 말을 배워서 쓰면 할머니가 제 말을 잘 이해하고 좋아할까요?"

"아니, 우리 근후는 지금처럼 이야기해도 할머니가 잘 이해하고 좋아하니 그럴 필요 없단다."

"아빠, 조금 전 할아버지가 주신 파란 돈 엄마한테 동전으로 바꿔서 아이스크림 사 먹어도 돼요?"

"아이스크림 사서 할머니랑 누나들이랑 나눠 먹으면 좋을 것 같구나. 다음에 내려올 때 감나무 할아버지 댁에도 맛있는 거 사다 드리자."

"네, 아빠. 감나무 할아버지랑 닭들 먹을 것도 함께 사 가요."

근후는 아이스크림을 먹을 생각을 하니 발걸음이 한결 가벼워, 비탈길을 내려갈 때는 쉽게 내려갔습니다.

근후랑 아빠가 마을회관에 도착하니, 작은누나도 홀로 사는 고모할머니 댁 음식을 가져다드리고 마을회관에 도착했습니다. 고모할머니는 지난달 다리를 다쳐서 마을회관에도 못 나오시고 한 달 내내 집에만 계시다고 했습니다.

고모할머니는 "아야, 텔레비가 안 키져야. 매칠째 트로트 노래 방송도 못 들어야, 여기 좀 봐 주고 가야."라고 말했습니다.

작은누나가 보니, 리모컨을 눌러도 셋톱박스에 불이 들어오지 않았습니다.

리모컨은 불이 들어오는 걸 보니 배터리는 있고, 셋톱박스 코드를 확인해 보니 코드가 조금 빠져 있었습니다.

셋톱박스가 안 켜지니 아무리 눌러도 검은색 화면만 나오고 텔레비전이 안 켜졌던 것입니다.

"할머니, 텔레비전이 나오지 않을 때는 기계 코드가 꽂혀 있는지, 텔레비전과 셋톱박스 전원이 동시에 켜져 있는지, 먼저 확인해야 해요."

"그게 키진 걸 어떻게 안다냐."

"켜져 있는지는 여기 텔레비전과 이 박스 옆 불빛을 보고 확인하면 돼요. 리모컨을 누르고 잠깐 동안 기다리셔야 해요. 켜질 때 시간이 걸리거든요."라고 방법을 알려 드렸다고 합니다.

고모할머니는 "텔레비를 새걸로 바꾸고는 영 불편해야. 어

디 물어볼 사람도 없고. 고맵다. 고매워."라며 좋아하셨다고
합니다.

맨 마지막에 마을회관에 도착한 엄마는 바둑이네 할머니
집에 음식을 가져다주고 왔습니다. 허리가 기역(ㄱ) 자처럼
굽어서 지팡이에 기대어 한 발자국씩 걷는 할머니였습니다.

"아야 매칠 전에 보일러를 새 걸로 바꿔 줬는디, 방바닥이
냉골이어야"라고 보일러를 새로 바꾼 후 방바닥이 따뜻하지
가 않다고 합니다.

"이 보일러 설정이 온수 전용으로만 되어 있어서 따뜻한 물
은 나오는데, 난방이 잘 안 된 것 같아요."

"그전 꺼는 단추만 누르면 되었는디, 이번 꺼는 단추가 없
어서 잘 모르것어야."

"이 보일러는 디지털 화면에 숫자와 글씨로 확인해야 해요."

"옛날에 쓰던 것이 누르고 돌리는 것이어서 편했는디. 요즘
꺼는 복잡혀서 뭘 눌러야 하는지 모르겠다."

"여기 화면 보시면, 집 모양 표시가 방을 따뜻하게 하는 거고, 수도꼭지 모양이 뜨거운 물이 나오는 거예요. 여기 집 모양 위 + 표시를 누르면 숫자가 올라가요. 따뜻하게 설정해 드릴게요."

"한 매칠 매운바람은 불고 방바닥이 뜨근하지 않응께. 새로 산 보일러가 고장 나분지 알았다야."

"곧 방바닥도 따뜻해질 거예요. 하루에 아침저녁 두 번씩 보일러 돌아가게 했으니, 방은 따뜻할 거고, 하루 종일 보일러가 안 돌 테니 기름값도 많이 안 나올 거예요."

"아이고 고맵다. 고매워."

엄마는 바둑이네 할머니 온수와 난방 온도를 설정해 주고 왔다고 합니다.

작은누나는 멸치 한 봉지, 엄마는 잘 말린 다시마 한 묶음을 받아 왔습니다.

근후네 가족이 음식 배달을 하는 동안 큰아빠, 큰엄마, 고모들, 할머니는 마을 분들과 음식을 먹을 수 있게 마을회관 큰상에 많은 음식을 준비해 놓았습니다. 큰엄마와 고모는 계속 밥과 국을 떴습니다. 근후는 밥을 가져다 수저 옆에 하나씩 두고, 누나들은 국을 놓습니다.

할머니 앞집 사는 미정이네 할머니는,

"근후 아빠야, 느그 엄니가 나이가 70이 넘어도 우리 동네 바지락 캐기 1등, 밭일도 1등, 음식 맛나게 맨들기도 1등이여. 젊은 사람보다 일을 더 잘혀야. 아직도 힘도 장사고."라고 했습니다.

선창가에 사는 말자네 할머니는,

"느그 엄니가 계속 부녀회장을 해야 우리가 맛있는 걸 많이 얻어먹고, 목욕탕에도 데리고 가는디. 맨날 그만한다고 한다야, 우리 노인네들한테 느그 엄니가 최고다. 느그 엄니가 80살까지는 부녀회장을 해야 우리가 잘 얻어먹고 편한디."라고 말씀하시자 할머니들이 맞장구를 쳤습니다.

예전에 가게를 했던 담뱃집 할아버지는,

"느그 엄니 생일이라고 이렇게 자석들이랑 손자들꺼정 다 와서 음식도 준비하고 잘헌다. 자석은 부모를 닮는다고 느그 아부지, 엄니 닮아서 다들 정도 많고 우애 있고 잘헌다. 잘혀."라고 말했습니다.

근후 할머니가 마을에서 일도 음식도 제일 잘한다고 합니다. 마을회관에 모인 할머니들이 근후가 밥을 가져다드리자 심부름도 잘하고, 씩씩하게 잘생겼다고 칭찬도 해 주었습니다. 뭐든 1등으로 제일 잘하는 근후 할머니라고 하니, 근후는 기분이 좋았습니다. 근후 할머니 생일을 축하하며, 맛있는 음식을 먹으며 즐겁게 웃는 사람들 웃음소리로 가득합니다.

우리 가족은 인기쟁이

☀ ☁ ☁ ☂ ☀

우리 가족은 할머니 마을에 가면 인기쟁이다.

아빠는 모든 기계를 고치는 만능 기술자,

엄마는 뭐든 다 읽고 친절하게 설명해 주는 설명 천사,

누나들은 휴대전화와 리모컨을 잘 다루는 기계 천재,

할머니는 일도 음식도 잘하는 1등 요리사,

나는 춤을 잘 추는 멋진 댄스 천재,

우리 가족은 모두가 멋쟁이,

마을 사람들이 좋아하는 인기쟁이다,

근후 친구는 할머니

7살 근후는 한글 공부를 시작했습니다. 엄마와 매일 한글 읽고 쓰기 공부를 합니다. 엄마랑 그림책도 읽고, 간판 읽기도 하고, 자동차 번호판 읽기를 매일 하다 보니, 글씨를 조금씩 읽을 수 있게 되었습니다.

할머니가 집에 오면 근후랑 놀이터도 가고, 함께 분식점에 가서 맛있는 핫도그도 먹습니다. 할머니는 근후가 한글을 배울 때는 한글 공부도 같이하고, 글쓰기 시합도 했습니다. 한글 받아쓰기 대회 경쟁자이기도 합니다.

근후랑 할머니가 책을 읽고 퀴즈 내는 놀이를 하였습니다. 제목은 『한글을 만든 세종대왕』이었습니다. 할머니는 눈이 침침해서 한글을 빨리 읽지 못합니다. 근후는 아는 단어가 많지 않아서 한글을 빨리 읽지 못합니다. 어려운 단어는 엄마가 설명해 줍니다.

세종대왕은 어려운 한문 대신 한글을 만들어서 사람들이 쉽게 글을 읽고 쓸 수 있게 했습니다. '기역' '니은' '디귿' 하나 하나 글을 만드는 내용이 나왔습니다. 세종대왕이 지금 근후가 읽는 글을 만들었다는 것이 신기했습니다.

할머니랑 동화책 읽고 퀴즈 놀이를 하기로 했습니다.

"할머니가 먼저 문제를 내세요."

"가장 처음으로 시작하는 글자고 낫이랑 비슷하게 생긴 글자는 무엇인가 아냐?"

"그건 바로바로 '기역'이지요."

근후는 첫 번째 글자가 기역인지도 알고, 지난번 할머니 댁에 갔을 때, 아빠가 풀을 베는 낫도 알려 주어서 정말 쉬운 문제였습니다.

"아이고, 우리 근후가 이렇게 똑똑허다. 최고여."

"그럼 근후가 문제를 낼게요. 할머니, 세종대왕이 만든 글자 처음 이름은 몇 자일까요?"

"글자 이름이 '한글'이지야, 그러니께 두 글자."

"아니에요. '훈 민 정 음'이라고 처음에는 불렀대요. 그러니까 네 글자예요."

"아이고 우리 근후가 이렇게 똑똑하구나. 할머니는 읽어도 금방 까먹는디."

할머니는 근후를 향해 엄지 척!

"우리 근후가 최고다!!"라고 이야기했습니다.

근후의 마음일기

한글을 만든 세종대왕   ☼ ☁ ☁ ☂ ☃

할머니랑 세종대왕 책을 읽었다.

어려운 한문을 모르는 사람들을 위해서

세종대왕이 한글을 만들었다.

한글의 처음 이름은 훈민정음이었다.

훈민정음 문제로

퀴즈에서 이겼다.

할머니랑 책 읽기가 재밌었다.

기분 좋은 날이다.

근후와 할머니는 그림 그리기를 합니다. 근후는 좋아하는 초록색 크레파스로 초록색 나무들이 가득한 도로 사이로 빨간 스포츠카를 그렸습니다. 할머니는 파란색으로 푸르고 깊은 바다를 그립니다. 할머니는 바다가 제일 좋다고 합니다. 바닷속은 보물들이 가득한 곳이라고 합니다. 완도 바닷속 보물들이 있어서 아빠랑 고모들이 배불리 먹고, 멋진 옷도 입고 광주와 서울에서 공부도 많이 할 수 있었다고 합니다. 할머니의 바닷속에는 보물섬이 있나 봅니다.

그림 그리기 놀이를 한 후, 춤추기를 좋아하는 할머니랑 근후가 춤을 추며 놀았습니다. 엄마는 할머니와 근후 춤 대결 영상을 찍어서 가족들이 있는 단체 채팅방에서 투표하자고 했습니다. "할머니와 근후, 댄스 대결을 시작하겠습니다."라고 엄마가 말했습니다. 근후는 동영상에서 본 멋진 춤을 췄습니다. 할머니도 "으쌰 으쌰" 하며 엉덩이와 어깨를 흔들며 춤을 추기 시작했습니다. 근후는 다섯 살 때부터 멋진 춤추기를 좋아해서 춤은 누구보다도 자신 있었습니다. 근후는 이마에 땀이 나고 귀가 빨개질 때까지 춤을 췄습니다. 드디어 엄마가 가족 채팅방에 투표를 위한 동영상을 올렸습니다.

드디어 가족들의 투표가 시작되었습니다.

아빠는 "할머니",

큰고모는 "근후",

엄마랑 큰아빠, 큰엄마, 사촌 형, 누나들까지 투표에 참여했습니다. 5:5 근후와 할머니는 동점이 나왔습니다. 근후는 볼도 빨개지고 손에 땀도 나고 마음이 콩닥콩닥 뛰기 시작했습니다. 근후는 춤 대결에서 꼭 이기고 싶었습니다. 작은고모의 한 표에 승자가 가려집니다. 기다리는 시간이 아주 길게 느껴지고, 긴장되는 시간이었습니다. 드디어 작은고모의 투표 결과가 채팅방에 올라왔습니다. 엄마가 춤 대결 승자를 발표하기로 했습니다.

"댄스 대결의 승자는 바로바로 김! 근! 후!"

근후는 뛸 듯이 기뻤습니다.

"한 표 주서서 감사합니다. 정말로 정말로 감사합니다."라며 근후는 승리의 축하 댄스를 가족들에게 선물했습니다.

할머니도 근후 우승을 축하하며 함께 춤을 추며 한바탕 웃었습니다.

할머니와 근후의 대결의 우승자는 언제나 근후였습니다. 할머니는 근후가 우승하면 더 축하해 주고 세상에서 가장 똑똑하다고 추커세워 줬습니다.

춤 대결 우승 기념으로 할머니가 치킨과 치즈스틱, 콜라를 사 주었습니다. 근후가 제일 좋아하는 치킨을 맛있게 먹었습니다.

근후의 마음일기

할머니와 춤 대결 ☀ ☁ ☁ ☂ ☃

오늘 할머니랑 춤추기 대결을 했다.
할머니와 나는 춤을 추고
엄마는 영상을 찍었다.
가족들이 채팅방에서 투표를 했다.
투표 결과를 기다리는 동안에는
마음이 조마조마했다.
내가 이겼다.

이긴 기념으로 할머니와
즐겁게 춤을 췄다.
가족들 투표에서 이겨서
기분이 좋았다.

할머니가 맛있는
치킨과 콜라를 시켜 주었다.
맛있게 먹었다.

할머니랑 춤 대결도 하고
맛있는 치킨도 먹고
오늘은 너무너무 신나는 날이다.

7

스마트폰이 재미있는
초등학생 근후

8살이 된 근후는 초등학교 1학년이 되었습니다. 이제 근후는 한글 읽기가 제법 빨라졌습니다. 받아쓰기할 때면 가끔 맞춤법을 틀리기는 하지만, 동화책도 7살 때보다는 훨씬 빨리 읽을 수 있고 거리의 간판들도 쉽게 읽을 수 있습니다. 아빠가 스마트폰을 새로 산 후, 그전에 쓰던 스마트폰을 근후에게 주었습니다. 공기계 스마트폰으로 근후는 게임도 하고 영상도 볼 수 있습니다. 근후만의 스마트폰이 생겨서 너무나 좋았습니다. 숙제와 독서, 일기 쓰기 후에 스마트폰으로 게임 하고 노는 것이 재미있습니다.

근후는 글씨를 잘 쓰지 못할 때도 너튜브 영상을 잘 찾아보 았습니다. 마이크 기호를 누르고 "DD 영상 틀어 줘"라고 하 면 멋진 DD 영상을 볼 수 있었습니다. "마이클 J. 춤 영상 보 여 줘"라고 하면 춤을 멋지게 추는 마이클 J. 영상이 나왔습니 다. 너튜브 속에서 근후는 '문어 심장이 몇 개인지' '세상에서 제일 빠른 스포츠카는 무엇인지' '가장 인기 있는 래퍼 노래는 무엇인지' '가우디가 만든 건물이 무엇인지' 책에서 보는 것보 다 훨씬 많은 사실을 알게 되었습니다.

근후가 특히나 좋아하는 것은 자동차와 음악입니다. 멋진 자동차로 경주하는 게임이 좋았고, 세계의 멋진 자동차를 찾 아서 보는 것도 좋았습니다. 어렸을 때는 아빠가 사 준 어린 이 스포츠카를 타고 다녔습니다. 근후 장난감 상자에는 무선 조종 자동차, 누나들과 고모들이 사 준 자동차 장난감이 백

개도 넘게 있습니다.

두 번째로는 멋진 가수들의 댄스를 따라 하는 것을 좋아합니다. 마이클 J.의 춤은 정말 멋진 춤이었습니다. 문 워크라는 춤도 따라 해 보았습니다. 근후는 멋진 래퍼도 좋습니다. 멋있는 래퍼 형들과 누나들이 경연하는 TV 프로그램을 보는 것이 좋았습니다. 랩을 하는 사촌 형이랑 서울 가서 랩 공연도 하고 녹음도 하고 싶습니다. 그중에서도 가장 멋진 DD처럼 해골 티셔츠, 멋진 머리 염색도 하고 싶었습니다. 근후는 멋진 색으로 머리를 염색하고 싶지만, 엄마는 더 크면 하라고 반대합니다. 근후는 정말 멋진 초록색으로 염색을 하고 싶은 마음에 큰고모랑 엄마 몰래 미용실에 가서 앞머리를 초록색으로 염색하였습니다. 이마 위의 머리카락이 초록색과 파란색으로 보였습니다. 멋진 포즈를 취하고 사진을 찍었습니다. 큰고모가 찍은 사진을 보니 너튜브에 나오는 래퍼처럼 멋있어 보였습니다. 집에 도착하자, 엄마는 근후의 염색한 머리카

락을 보고,

"김근후, 누가 엄마 허락도 없이 염색하라고 했어?"

"언니, 제가 해 준 거예요. 근후 소원이라는데 이번 한 번만 봐줘요." 엄마는 혼내고, 큰고모는 편을 들어 주었습니다.

평소 같으면 엄마에게 혼나면 눈물을 참으려고 해도 눈물이 막 떨어지는데, 오늘은 멋진 가수처럼 염색해서 눈물을 참을 수 있었습니다.

근후는 방에 들어가서 제*토 앱으로 들어갑니다. 메타버스 제*토 안에서는 또 다른 근후인 마이클 K.가 있습니다. 마이클 K.는 키도 훨씬 크고 멋진 모습입니다. 텔레비전에서 멋진 가수들이 입었던 옷도 사고, 초록색, 파란색, 보라색으로 머리색도 마음껏 바꿀 수 있고, 긴 머리와 짧은 머리로도 바꿀 수 있습니다. 찢어진 청바지도 입고 해골 목걸이와 반지, 모자들도 살 수 있습니다. 멋진 스포츠카와 오토바이를 타고 달릴 수 있고, 좋아하는 가수들과 사진도 찍고 게임도 할 수 있습니다. 세계 여러 나라 친구들도 사귈 수 있습니다. 제*토 속 마이클은 무엇이든 할 수 있습니다. 어른이 되면 마이클이 타는 멋진 차를 사고 싶습니다. 근후는 돈을 많이 벌어서 가장 멋진 옷을 입고 람보르 스포츠카를 타고 달리고 싶습니다. 람보르 스포츠카를 사기 위해서 할머니나 고모들이 주는 용돈을 꼬박꼬박 모으고 있습니다.

근후의 마음일기

초록색 머리 염색　　　　☀ ☁ ☁ ☂ ☃

큰고모랑 미용실에 가서

DD처럼 초록색으로 염색을 했다.

머리가 멋져서 너무나 좋았다.

엄마가 혼내서 조금 속상했다.

마이클처럼 염색도 마음껏 하고

멋진 해골 옷도 입고 싶다.

멋진 스포츠카 경주도 할 수 있는

마이클이 되면 좋겠다.

새로 이사한 아파트는
파라다이스

근후네 가족들이 더 큰 아파트로 이사를 하였습니다. 그전 살던 아파트는 '행복마을 아파트'였는데, 새로 이사 간 곳은 '서촌파라다이스더퍼스트빌리지'로 새로 지은 아파트 단지였습니다. 근후는 아파트 이름이 무슨 뜻인지 잘 알지는 못하고 외우기도 힘들었지만, 이름이 영화에 나오는 아파트처럼 멋지게 느껴졌습니다.

이사한 아파트는 로비 출입문부터 비밀번호를 눌러야 들어

갈 수 있습니다. 아파트 곳곳에 CCTV도 훨씬 더 많아 안전하다고 합니다. 집에서 엘리베이터도 부를 수 있어 기다리지 않아서 편리하고 좋았습니다. 스마트폰으로 집의 전등도 켜고 근후가 집에 들어왔는지 확인도 가능했습니다. 새로 산 기계들은 말을 듣고 움직이고 대화도 합니다. 근후가 듣고 싶은 노래나 동화 이야기도 AI 스피커가 찾아 주고 날씨가 추운지 더운지도 알려 줍니다. 이사 오기 전 아파트는 텃밭도 있고 친구들이 많아서 좋았지만, 새 아파트는 영화에 나오는 집처럼 뭐든 자동으로 되어서 좋았습니다.

근후의 마음일기

새 아파트로 이사했다.

어려운 영어 이름이고

길지만 멋진 이름이다.

말만 하면 움직이는 기계들도 많다.

"노래 틀어 줘!" 하면 노래도 틀어 주고

로봇청소기가 청소도 하는 멋진 집이다.

집에 들어갈 때도 요새처럼

현관부터 비밀번호나 카드가 있어야

들어갈 수 있다.

집도 새것, 집에 있는 텔레비전과

냉장고도 모두 새것이어서 좋다.

이사한 지 며칠 후, 할머니가 근후 집으로 오는 날입니다. 근후는 엄마랑 터미널으로 할머니 마중을 나갔습니다. 근후는 터미널에서 버스가 올 때마다 나가 봤는데 할머니가 탄 버스는 오지 않았습니다. 할머니는 전화도 받지 않고 1시간을 더 기다리자 도착했습니다. 할머니는 큰 가방을 메고, 큰 상자를 들고 오셨습니다.

"어머니, 차가 많이 막혔나 봐요. 늦으셨어요."

"집에서는 일찍허니 나왔는디, 터미널에 표 끊어 주는 기계가 생기고 나서는 사람이 없어야. 오늘 그 사람이 일이 있었는지 한참 자리에 없어서 버스 떠나는 거 보고도 못 타고, 표를 난중에 끊어서 한 시간이나 기다렸다 탔어야."

"완도에도 버스 승차권 자동 발매기가 생기고 매표소 직원 수가 줄었나 보네요."

"그라게 말이다. 옛날에는 표 끊어 주는 사람이 세 사람이 있었는디, 이제는 한 사람뿐이여야. 나보다 늦게 온 젊은이들은 기계에서 표를 뽑아서 다들 버스를 탔는디, 나 같은 늙은이들만 표 살라고 기다리다 못 탔어야. 일찍 나와서 기달렸냐잉?"

"신지에서 나오신 시간 생각해서 조금 일찍 나왔어요."

"아이고, 나가 버스 타고 전화한다는 걸 깜빡했어야. 전화를 가방에 놔서 전화 온 줄도 몰르고, 오래 지둘리게 했어야."

"어머니가 버스 오래 기다리시느라 고생하셨지요. 뭘 이렇게 많이 들고 오셨어요? 집에서 들고 나오시기 무거웠을 텐데."

"새백에 밭에 가서 무시랑 배추, 파랑 뽑아 오고, 깨랑 참기름도 한 병씩 챙기고, 완도 수협 공판장에 가서 싱싱한 생선도 샀다. 완도에서 파는 게 싱싱하고 싸니께 사 왔제, 우리 근후 구워서 먹이고, 저녁에 무시랑 가자미회랑 초무침 해서 묵으면 맛날 것잉께."

"무릎도 안 좋으신데, 다음부터는 무거운 짐 들고 오시지 마시고, 가볍게 몸만 오세요."라고 말하며 엄마는 생선 상자를 받아 들었습니다. 근후는 할머니 작은 가방을 들고, 할머니는 등에 가방을 메고 엄마 차를 타고 집으로 왔습니다.

할머니 가방과 상자에는 다시마, 멸치, 문어, 생선과 할머니 텃밭에서 키운 채소들이 가득합니다.

할머니는 이사한 새집도 보고 치과 치료를 해야 해서 며칠 간 근후 집에서 머무르기로 했습니다. 할머니가 텃밭에서 키운 채소들과 생선들로 저녁상을 한가득 채웠습니다. 저녁을 먹고 난 후 근후는 세 권의 책을 읽고 독서 감상문 쓰기를 해야 합니다.

"근후야 할머니랑 오랜만에 책 읽기 함께 해야지."라고 엄마가 말했습니다.

근후는 책을 빨리 읽을 수 있는데, 할머니는 근후보다 글자를 빨리 읽지 못합니다. 근후는 빨리 책 읽기를 끝내고 스마트폰으로 게임을 하고 싶은데, 할머니가 책을 너무 천천히 읽어서 조금 답답합니다.

할머니의 짝짝이 슬리퍼

다음 날, 엄마는 외할아버지 병원에 가야 한다고 합니다. 근후에게 학교 끝나고 집에 오면 할머니가 집에 계실 거라고 했습니다. 근후는 학교 수업이 끝난 후, 시원한 딸기 주스를 먹으면서 게임을 할 생각에 열심히 뛰어서 집으로 왔습니다. 아파트 입구 현관 앞에서 717호 인터폰을 눌렀습니다. 할머니가 계신다고 했는데, 현관문은 열리지 않았습니다. 할머니 목소리만 들렸다가 안 들렸다가 했습니다. 몇 번이나 인터폰 호출을 눌렀지만, 현관문은 열리지 않았습니다. 엄마는 금방 열어 주는데, 분명히 할머니가 집에 계시는데, 왜 문을 열어 주지 않는지 모르겠습니다. 근후는 빠르게 몇 번이나 호출을 눌렀습니다.

'이대로 집에 못 가는 것 아닌가?'

뛰어와서 온몸에 땀도 나고, 여름날 해가 쨍쨍 머리 위에 내리쬐니 정수리가 따갑고 목이 말랐습니다. 더워서인지 오늘은 아파트에 들어가고 나가는 사람도 없습니다. 한참을 서 있으니 가방도 실내화 주머니도 무겁게 느껴졌습니다. 등과 가방 사이로 땀이 계속 나기 시작했습니다.

한참 만에 엘리베이터 문이 열리더니, 할머니가 검은색과 파란색 짝짝이로 슬리퍼를 신고 허겁지겁 내려와 문을 열어 주었습니다.

"아이고, 우리 근후 뜨거운디, 문도 열어 주지 못하고 오래 기달렸지야."

라고 말했지만, 근후는 대답하기 싫었습니다.

엄마는 1층까지 내려오지 않고서도 문을 열어 주는데, 할머니는 근후를 한참 기다리게 하고 1층까지 와서 문을 열어 주는 게 이해가 되지 않았습니다.

"우리 근후 뜨거운디, 고생했다."라며 할머니가 근후 가방을 들어 주었습니다.

근후 티셔츠는 땀에 젖어 등에 딱 달라붙었습니다.

땀도 나고 더위에 지친 근후의 가방을 들어 주는 할머니에게 골이 나서 고개도 들지 않았습니다.

근후와 할머니는 엘리베이터를 타고 올라와 집 앞 현관문 앞에서 멈춰 섰습니다.

"할머니 빨리 문 열어 주세요. 목말라요."

"이것을 어떻게 열어야 하더라."

급히 나온 할머니는 문 여는 카드도 없이 내려왔습니다.

할머니는 현관문 카드도 없고, 비밀번호도 모르고, 디지털 도어락도 열지 못합니다. 엄마랑 누나가 더 커야 비밀번호를 알려 준다고 근후에게도 도어락 여는 법을 알려 주지 않았습니다. 더 큰 문제는 할머니가 휴대전화를 가지고 나오지 않아서 엄마나 누나에게 연락도 할 수 없었습니다. 현관문 앞에서 엄마가 올 때까지 기다려야 합니다.

'할아버지 병원에 가셨으니 엄마는 한 시간도 넘어야 올 텐데….'

근후는 목이 마르고 덥고 짜증이나 눈물이 났습니다. 울고 싶지 않은데 계속 눈물이 흘러 땀과 눈물이 뚝뚝 떨어지기 시작했습니다. 아파트 현관에 갇힌 것 같았습니다. 다른 곳을 가려고 하니 다시 1층 로비 현관문을 열 수가 없고, 할머니는 휴대전화와 지갑도 없어서, 나가도 갈 곳이 없었습니다. 할머니는 근후보다 더 난감한 표정으로 짝짝이 슬리퍼만 바라보고 있었습니다. 고개를 숙인 근후 눈에 보이는 할머니 짝짝이 슬리퍼가 미워 보였습니다.

20분 정도 있으니, 엘리베이터가 열렸습니다. 학교 강의가 일찍 끝난 작은누나였습니다.

"할머니, 왜 문 앞에 계세요? 근후는, 왜 울고 있고?"

누나 얼굴을 보자, 근후는 더 서러워졌습니다.

"더운데 1층 밖에서도 집 앞에서도 한참 서 있었단 말이야."

근후는 울음 섞인 목소리로 이야기했습니다.

"집에는 왜 들어가지 못했는데?"

"엄마는 할아버지 병원 갔고, 할머니가 휴대전화도 안 가지고 나오고, 문도 못 열었단 말이야."

라고 짜증 섞인 목소리로 대답했습니다.

"김근후, 말투가 그게 뭐야? 할머니 앞에서 버릇없이."

작은누나가 근후를 혼내자, 할머니는

"근후한테 머라 허지 마라. 나 땜시 뜨거운디 고생했어야. 우리 근후가 집에도 못 들어가고."라고 말했습니다.

"그래도 할머니 앞에서 짜증 내는 말투는 잘못한 거야."

작은누나는 조금이라도 예의 바르게 행동을 하지 않으면 엄하게 혼냅니다.

그래도 오늘은 할머니 때문에 근후가 더운 데서 얼마나 오래 기다렸고 다리가 아픈지, 근후 마음도 몰라주는 작은누나 말에 눈물이 더 났습니다.

할머니는 우는 근후 어깨를 토닥이며,

"전에 집에 있던 것은 뚜껑 열고 번호를 눌러서 문을 열 수 있었는데, 이번 꺼는 어떻게 여는지 몰라서, 울 근후만 한참 고생시켰어야."

작은누나가 디지털 도어락을 살짝 터치하고 삐삐삐삐 여러 숫자를 누르니 띠리릭 문이 열렸습니다.

집에 들어서면서 작은누나는,

"할머니, 저도 처음 접한 기계는 어려워요. 배우면 되죠."

"나가 정신이 없어서 문 여는 카드도 안 가지고 내려갔어야. 근후가 계속 문을 열어 달라고 하는디. 집에서 문은 당최 안 열리고, 뜨거운디 밖에서 우리 근후 기다릴 거 생각허니 맴이 급혀서, 문 여는 카드랑 전화기도 놔놓고 가고, 나가 오늘은 바보 깡통이 되분 것 같아야."

"할머니 저도 가끔 휴대전화 집에 두고 갔다가 다시 오는 경우가 있어요."

"오늘은 나가 바보 깡통처럼 정신이 나가부렀어야. 울 근후 눈물 내고 고생시켜서 어째야 쓸까잉?"

"할머니, 괜찮아요. 이렇게 집에 들어왔잖아요. 지난번 외할머니도 오셨을 때 디지털 도어락 여는 걸 어려워했어요. 제가 집 현관문 여는 거랑 로비 인터폰 여는 방법 알려 드릴게요."

라고 말하고, 누나는 땀과 눈물범벅이 된 근후에게 그만 울고, 시원하게 씻으라고 했습니다.

시원하게 씻고 나온 근후에게 딸기 주스랑 엄마가 만들어 놓고 간 샌드위치를 할머니가 챙겨 주었습니다. 에어컨 앞에서 근후는 간식을 먹었습니다. 근후는 빨리 숙제를 한 후, 방으로 들어가 제*토로 들어가 게임도 하고 멋진 차도 타고 싶었습니다.

"근후야, 할머니랑 문 여는 방법 그리기 할까?"라고 작은누나가 말 했습니다.

근후는 대답하지 않고 방으로 들어갔습니다. 작은누나가 근후에게 또 한 소리 하려고 했는데. 할머니가

"오늘은 근후 하고 싶은 거 하도록 내비 두자. 뜨거운디 고생허고 많이 속상했을 거여."라며 누나를 말렸습니다.

누나는 할머니에게 디지털 도어락 누르기를 알려 주기 위해서 그림으로 설명서를 만들기 시작했습니다.

한참 스마트폰 게임을 하고 있는데, 작은누나가 근후를 불렀습니다. 도어락 여는 법을 배우자고 했습니다. 근후는 하기 싫었지만, 작은누나가 혼낼까 봐 억지로 배우기로 했습니다.

"할머니, 디지털 도어락은 누르는 게 아니라 터치하는 거예요. 여기 살짝 건드려 보세요."

할머니는 꼭! 꼭! 눌러서 작동이 잘 안 되었습니다.

"이게 왜 안 된다냐? 마음은 굴뚝인디, 손은 왜 내 말을 안

듣는다냐!"

"할머니, 이 기계는 버튼이 아니라서, 누르면 안 되고 살짝 건드리는 터치만 하는 거예요."

할머니는 터치 대신 계속 꾹꾹 누르고 또 눌렀습니다. 터치는 톡 건드리고 잠깐 기다려야 하는데, 할머니는 터치하는 게 어려운가 봅니다. 근후는 터치는 아주 쉬운 것인데 왜 못하는지 이해가 되지 않았습니다. 근후는 처음부터 터치를 잘했는데, 할머니는 손이 두껍고 뭉뚝해서인지 숫자 6을 눌러야 하는데 3을 누르고 계속 실수를 했습니다. 할머니는 배운 것을 몇 번 해도 까먹었습니다. 먼저 누나는 로비 인터폰을 크게 그리고, 그 안에 있는 별, 샵, 종 모양, 경비실, 기호를 설명을 해 주었습니다. 누나는 하나씩 할머니에게 설명해 주고 몇 번씩 연습해야 알 수 있다고 이야기해 주었습니다. 근후는 몇 번 눌러 보니 금방 열 수 있을 것 같았습니다. 근후는 토끼처럼 빨리 배울 수 있는데, 할머니는 거북이처럼 너무 늦게 배워서 답답했습니다.

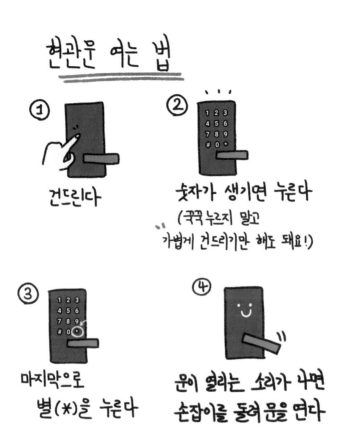

현관문 여는 법

① 건드린다

② 숫자가 생기면 누른다
(꾹꾹 누르지 말고
가볍게 건드리기만 해도 돼요!)

③ 마지막으로
별(*)을 누른다

④ 문이 열리는 소리가 나면
손잡이를 돌려 문을 연다

근후는 이미, 다 배웠으니 들어가서 자동차 게임을 하고 싶

었습니다.

할머니는 근후의 마음을 알았는지,

"울 근후는 빨리 배운다야. 역시 똑똑이다. 다 배왔으니 방에 들어가서 하고 싶은 걸 해라."

근후가 방에 들어가고도 누나랑 할머니는 한참을 로비 인터폰과 도어락 배우기를 하였습니다.

근후의 마음일기

할머니의 짝짝이 슬리퍼   ☀ ☁ ☁ ☂ ☃

파란색 검은색 짝짝이 슬리퍼를 신은
할머니는 현관문도 못 열고
집 문도 못 열었다.

햇살 공격이 심한 날,
너무나 더웠다.
누나는 근후 마음도 모르고
근후를 혼내서 더 눈물이 났다.

나는 빨리 배우는데,
할머니는 배우는 것도
느린 거북이 같다.

할머니 짝짝이 슬리퍼가
오늘은 너무 미워 보였다.

할머니 카드가 없어요?

할머니는 지갑에 늘 현금과 동전을 가지고 다닙니다. 버스 요금도 현금으로 내고, 마트에서 물건 살 때도 현금만 사용합니다. 현금만 사용하니 항상 지갑에는 종이돈과 동전이 있어야 합니다. 할머니는 돈을 완도에서 찾아오지 않아서 돈을 찾으러 은행에 갔습니다. 아파트 입구 쪽에 우체국이 있었는데, 우체국이 사라지고 ATM만 있어서, 더 멀리 있는 근후 초등학교 근처 농협으로 한참을 걸어가야 했습니다.

농협에 도착한 할머니는 창구 대기 번호표를 뽑고 기다렸습니다. 농협 창구에는 순서를 기다리는 할머니 할아버지가 많았습니다. 젊은 사람들은 돈 찾는 기계가 많아서 줄을 서지 않고 돈도 찾고, 공과금도 내고 빨리 처리하고 나가는데, 은행 창구 순서를 기다리는 사람들은 거의 다 할머니 할아버지뿐입니다. 할머니는 돈 찾는 기계를 사용하지 않습니다.

"할머니 무슨 업무를 하실 거예요?"

"돈 찾으러 왔어라. 20만 원 찾아 주시오."라고 통장과 도장, 신분증을 내밀었습니다.

"여기 현금 20만 원이에요. 세 보세요."

"그라고, 우리 딸한테 돈을 보내야 하는디, 딸한테 전화해 줄 테니, 계좌번호 좀 받아서 보내 주시오."

창구 이모는 서울 사는 작은고모랑 통화를 하고 계좌번호를 확인한 후 돈을 보내 주었습니다.

할머니는 기계로 돈을 뽑다가 실수라도 하면 큰일이니, 은행 창구 이모에게 가서 돈을 찾고, 돈을 보낼 때도 다른 사람에게 잘못 보내면 안 되니 은행 창구 이모에게 보내 달라고 부탁합니다. 기계도 믿을 수 없고 기계를 다룰 줄 모르는 할머니 자신도 못 믿기 때문이라고 합니다. 은행 창구에서 통장과 도장을 가지고 가서 순서를 기다리고, 수수료를 내더라도 돈을 찾고 넣는 것은 은행 이모에게 하는 것이 편하다고 했습니다. 통장에 정확하게 찍히는 것을 확인하고 찾은 돈도 그 자리에서 몇 번이고 확인합니다.

할머니는 은행에서 돈을 찾고 근후 학교 앞 교문으로 갔습니다. 노란 개나리꽃색 근후네 초등학교는 작지만, 깔끔하게 단장되어 있었습니다.

'여 운동장에서 우리 근후가 운동하고, 저 교실에서 열심히 공부하고 있겠네.'

바람 한 점 없는 무더운 여름, 할머니 이마에서도 땀이 흘러내리기 시작했습니다. 한 삼십 분 정도 기다리자, 학생들이 한 명 두 명 나오기 시작했습니다. 할머니는 근후가 언제 나오나 한참을 보고 또 보았습니다. 가방을 메고 신발주머니를 들고, 만화책을 보면서 걸어 나오는 근후를 보고 할머니가 반갑게 손을 흔듭니다. 근후의 실내화 주머니와 가방을 할머니가 들어 줍니다. 오늘도 따가운 햇볕이 가득한 날입니다. 근후의 이마에도 머리에서도 땀방울이 주르르 흘러내리기 시작했습니다. 할머니도 한참을 서 있어서 등과 이마에서 땀이 흘렀습니다. 따가운 태양의 공격이 너무 강합니다. 햇살이 밤송이처럼 생긴 성게 가시에 찔린 것처럼 따갑고 강했습니다.

너무 더워서 근후는 시원한 아이스크림이 먹고 싶었습니다.

"할머니, 학교 앞에 새로운 아이스크림 가게가 생겼어요."

"우리 근후 아이스크림 사 줄라고 지달리고 있었제. 묵고 싶은 아이스크림 다 사 줄라고 돈도 이렇게 찾았응께, 가자잉."

새로 생긴 아이스크림 가게 간판에는 무인 아이스크림이라고 적어져 있습니다. 사람은 없고 아이스크림 냉장고들과 기계만 있는 곳이었습니다. 냉장고마다 맛있는 아이스크림이

가득 담겨 있었습니다. 근후는 제일 좋아하는 초콜릿 아이스크림을 골랐습니다. 할머니는 자주 먹던 팥 아이스크림을 선택했습니다.

"왜 아이스크림 가게에 주인이 없다냐?"

할머니는 작은 목소리로 말했습니다.

"할머니 여기는 아저씨가 없어요. 기계가 계산하는 곳이에요."

근후는 며칠 전 엄마랑 여기 아이스크림 가게를 왔었습니다. 주인이 없고 기계만 있자 엄마도 처음에는 당황했습니다.

"이렇게 기계들만 있으면, 사람들 일자리는 다 사라지겠네. 문제다. 뭘 눌러야 할지 통 알 수가 없구나."라고 말했습니다.

근후는 엄마가 당황하는 모습은 처음 봤습니다. 엄마도 처음에는 잘 몰라 헤매다가 몇 번 이것저것 눌러 보기를 반복하다가 아이스크림 결제하기까지 했었습니다. 엄마가 카드로 결제를 하고, 근후는 시원한 아이스크림을 맛있게 먹었습니다.

근후는 엄마랑 아이스크림 샀던 기억을 하나씩 생각해 봤습니다.

"할머니, 제가 해 볼게요."

사용 설명서도 글자 하나씩 하나씩 읽어 가며 누르기를 했습니다.

화면에 "시작하기"를 눌렀습니다.

"바코드를 찍으세요."라고 나오는데. 바코드가 무슨 말인지 잘 모르겠습니다. 불빛이 나오는 총 같은 것을 들고 아이스크림을 가져다가 대는데, 화면에 아무것도 안 나옵니다.

가격표를 찍어도 나타나지 않고,

아이스크림 그림도 찍어 보고,

이름도 찍어도 나오지 않습니다.

'바코드를 찍으세요'라고 되어 있는데, 바코드가 무엇인지 몰랐습니다.

근후는 엄마가 어떻게 했었는지 곰곰이 생각해 보았습니다. 1자 모양이 여러 개 그려져 있는 검은색 막대기 그림을 엄마가 찍었던 것 같습니다. 막대기 모양과 숫자로 된 곳을 찍으니 신기하게도 화면에 초코아이스크림 이름과 가격이 나왔습니다. 할머니가 고른 아이스크림도 검은 막대기 그림을 찍으니 화면에 팥 아이스크림 이름과 가격이 나왔습니다. 빨간 글씨로 "결제하기"라는 것이 보여서 누르니 카드를 넣으라고 나옵니다.

근후는 뿌듯한 마음으로,

"할머니, 이제 카드만 넣으면 된대요. 할머니, 빨리 카드를 여기에 넣어 보세요."

"카드는 없고 통장이랑 돈만 있는디, 이건 안 된다냐?" 라고 이야기했습니다.

기계에는 '카드 전용'이라고 적혀 있었습니다. '카드 전용'이 무슨 말인지는 근후도 잘 몰랐지만 아무리 찾아도 돈을 넣는 곳은 보이지 않았습니다.

"돈 넣는 데가 없어요. 카드로만 살 수 있는 것 같아요.

할머니는 카드가 없어요?"

라고 묻자 할머니는 "만 원짜리밖에 없는디."라며 통장과

만 원짜리만 만지작거리고 있었습니다.

　근후는 정말 어렵게 아이스크림 계산하는 방법을 알았는
데, 카드가 없어서 아이스크림을
못 먹는 게 속상했습
니다. 결국은 할머니
와 근후는 아이스크림을
다시 냉장고에 제자리에 두고
나왔습니다.

　"할머니, 아이스크림 사 준다고 했는데, 아이스크림도 못
먹고, 덥기만 하잖아요."

　"아이스크림은 저쪽 질로 가면 있는 가게 가서 사줄 것잉께
조금만 더 걷자잉."

　집에 가는 길을 빙 돌아서 저 멀리에 있는 아저씨가 하는
편의점까지 가서 할머니가 만 원짜리 지폐로 아이스크림 값
을 계산한 후, 근후는 아이스크림을 먹을 수 있었습니다.

'엄마는 카드가 있어서 뭐든 다 살 수 있는데, 할머니는 카드도 없고 기계도 사용하지 못하니, 더운데 멀리 걸어야 하고 힘들어.'라고 근후는 마음속으로 생각했습니다. 이제는 할머니랑 다니는 게 불편했습니다.

집에 도착해서 근후는,

"엄마, 지난번 기계만 있는 아이스크림 가게 갔어요. 제가 엄마가 하던 것처럼 계산하는 법을 알아냈는데 할머니 카드가 없어서 못 샀어요."

"그럼 아이스크림 못 먹고 왔니?"

"아니요. 엄청 더운데 저 멀리 편의점까지 가서 아이스크림을 먹었어요. 한참 걸어오다 보니 더워져서 땀을 엄청나게 흘렸어요."

"아이스크림 가게 사람이 없는 것이 잘못이지, 기계가 대신하면 사람들 일자리도 없어지잖아. 그리고 현금이 있어도 카드가 없다고 아이스크림을 못 사 먹게 하면, 현금만 가진 어른들이나 근후처럼 어린이들은 혼자서는 아이스크림을 사 먹지 못하잖아." 라고 엄마는 말했습니다.

"그래도 할머니랑 편의점에서 맛있는 아이스크림 먹었으니 괜찮지?"라고 엄마가 물었습니다.

"아이스크림은 맛있었지만, 멀리 걸어오느라 너무 더웠다고요." 라고 퉁명스럽게 이야기하고 그냥 방으로 들어가려 했습니다.

엄마는 할머니 앞에서 버릇없는 태도라고 근후를 혼냈습니다. 어제도 오늘도 할머니 때문에 속상한 근후 마음도 몰라주는 엄마가 미웠습니다. 근후는 아무도 마음을 몰라주는 것 같아 속상한 마음에 눈물이 났습니다.

"우리 근후가 뜨거운디 고생이 많았제, 어제는 문도 못 열어 주고, 이제는 돈이 있어도 아이스크림도 못 사는 세상이 돼 부러서 어떻게 살아야 한다냐. 인제 아파트 이름도 통 모르겠고, 세상은 빨리 변해 가고 늙으니 좋은 것이 하나도 없다야."

라고 이야기하는 할머니 목소리가 들렸습니다.

20XX년 X월 X일 X요일

할머니랑 아이스크림
가게에 갔다.
기계만 있어서 못샀다
할머니는 카드도 없고
기계도 무서워하는 것
같다.
카드만 있으면 되는데.

할머니는 깡통 로봇

　근후는 댄스 가수와 래퍼를 좋아하는데, 할머니는 트로트 가수들 나오는 프로그램만 봅니다. 큰누나랑 학원에 다녀왔는데, 거실 텔레비전이 검은색 화면만 나왔습니다.

　"노래 방송 볼라고 리모컨을 눌렀는디, 텔레비가 검은색밖에 안 나와야. 리모컨도 안 먹고 이 비싼 텔레비가 고장 났으면 어쩐다냐." 할머니가 걱정스러운 표정으로 말했습니다.

　큰누나가 텔레비전 리모컨을 살펴보더니,

　"할머니 외부입력이라는 버튼이 눌러져서 TV 연결로 되어 있어서 화면이 검게 보이는 거예요."

"고장 나분 게 아니고?"

"네, 외부입력 버튼을 두 번 누르면 HDMI로 바뀌고, 다시 텔레비전 화면이 이렇게 나와요."

"고장 나분지 알았다야, 집에서도 이렇게 검은 화면이 나오면 매칠씩 텔레비를 못 봤어야."

큰누나가 할머니에게 리모컨 사용법과 텔레비전 켜는 방법을 설명해 주었습니다.

"할머니, 텔레비전을 켜려면, 텔레비전 화면과 저 밑에 있는 셋톱박스가 동시에 켜져야 해요."

"리모컨을 누르면 어떤 때는 나오고 안 나오고 해야."

"켜지는 것은 불빛으로 확인하시면 되요. 셋톱박스는 예전 지붕에 있던 안테나 같은 것이고 사람으로 치면 머리라고 생각하면 돼요, 텔레비전 화면이 얼굴이에요. 머리에 불이 안 들어오니까, 화면이 까맣게 보이는 거예요."라고 하나하나 설명해 주었습니다.

"텔레비전 화면과 셋톱박스 양쪽 다 불빛이 켜져 있어도 안 켜질 때는 외부입력이라는 버튼이 눌러져서 그럴 수도 있어요. 그럴 때는 외부입력을 한 번 더 눌러서 HDMI라고 쓰인 곳을 누르면 돼요."

"들어도 먼 말인지 잘 모르겠어야. 나가 혀가 안 꼬부라져서 영어 말은 하지도 못하것고."

쉽게 설명을 잘하는 큰누나도 이번 설명은 어려워했습니다. 'TV' 'PC' 'HDMI'가 영어로 되어 있어서 할머니가 전혀 알아볼 수가 없으니 어떻게 설명을 해야 할지 난감해했습니다. 근후는 영어로 쓰여 있는 텔레비전 리모컨도 마이크도 이용하고 순서로 잘 기억을 해서, 영어를 몰라도 사용할 수 있습니다.

"할머니, 무조건 외부입력 화면이 나오면 두 번째 거(HDMI)에 맞추면 돼요."라고 설명했습니다.

"뭐가 이리 복잡한지, 옛날에는 단추 누르고 돌리기만 하면 되었는디, 텔레비도 못 키는 깡통이 돼부렀다."라고 말씀하셨습니다.

텔레비전도 못 켜고, 아이스크림 가게에서도 카드가 없어서 못 사고, 은행에서도 은행 기계도 못 쓰고, 문도 못 열고, 비밀번호도 모르는 할머니는 스스로 깡통 로봇이 되어 가는 것 같다고 말했습니다.

할머니는 영어도 모르고 스마트폰 메신저로 사진 보내기도 못 합니다. 할머니는 간판과 자동차에 있는 영어 글자를 몰라서 누나랑 엄마랑 다니면서 하는 간판 읽기와 자동차 이름 맞추기 놀이도 못 합니다. 스마트폰도 다루지 못해서 영상통화도 못 하고 스마트폰 사진 찍기도 못 합니다. 근후가 6살일 때는 할머니가 뭐든 다 잘하는 만능 로봇이었는데, 8살이 되니까 할머니는 아는 것이 없는 깡통 로봇 같습니다. 할머니는 근후랑 놀고 싶어 하는데 점점 할머니랑 함께할 놀이가 없습

니다. 근후는 할머니가 옛날만큼 좋지 않습니다. 집에 오서

도 신나지 않습니다. 엄마 아빠는 할머니 말씀 잘 듣고 잘 지

내야 한다고 하는데, 할머니 때문에 혼날 때는 눈물이 나고

속상합니다. 할머니보다 스마트폰으로 영상 보고 노는 것이

훨씬 재밌습니다.

근후의 마음일기

깡통 로봇

☀ ☁ ☁ ☂ ☼

깡통 로봇은 아무것도 못 한다.

싸움도 못 하고,

공주를 지켜주지도 못한다.

6살 때 완도에서 할머니는

만능 로봇처럼

무엇이든 잘했는데,

8살 때 광주에서 할머니는

리모컨도 못 다루고

문도 열지 못하고

아이스크림 기계도

다루지 못하는

깡통 로봇 같다.

6.25 전쟁과 할머니

　독서 일기 쓰는 시간에 근후는 엄마랑 《조 할아버지와 6·25》 책을 읽었습니다. 6.25에 참전한 조 할아버지와 영호 이야기를 통해서, '전쟁이 일어났을 때 살았던 조 할아버지는 얼마나 무서웠을까?' 근후는 생각했습니다. 전쟁은 총과 폭탄으로 사람도 죽고, 집도 부서지고, 먹을 것도 없어서 배가 고팠다고 합니다.

　"엄마, 6.25 전쟁 시대에 살던 사람들은 정말 무서웠을 거 같아요."

"근후야, 우리 할머니는 어렸을 때 6.25 전쟁을 겪었단다. 할머니가 근후 유치원 새싹 반 나이 때 전쟁이 일어났으니 얼마나 무서웠겠니?"

"엄마, 우리 할머니가 6.25 전쟁 때 살았다고요?"

"그럼. 할머니는 6.25 전쟁에 총에 맞아 마을 사람이 죽는 것도 보고, 폭탄이 터지는 것도 보고, 집들이 다 부서지고, 학교에도 다니지 못했단다."

엄마는 근후에게 할머니의 어린이 때 이야기를 해 주었습니다.

할머니 이름은 한경춘. 어린이 경춘은 1946년 제주도 성산포 바닷가 마을에서 태어났습니다. 위로 언니가 두 명, 오빠가 한 명 있었고, 형제 중 넷째였습니다.

8살 때 6.25 전쟁이 끝났지만, 전쟁 후여서 먹을 것도 없고 늘 배가 고팠습니다. 오빠는 8살 때부터 학교에 다녔지만, 8

살이 된 경춘은 학교에 가서 공부할 수가 없었습니다. 어린 동생들이 계속 태어났고, 경춘은 학교에서 공부할 시간에 어린 동생들을 업고 다니며 바닷가에 가서 바지락을 캐고 나무를 하러 다녀야 했습니다.

　동네 야학이라는 곳이 생겼습니다. 야학 선생님이 한글을 가르쳐 준다고 해서 경춘은 바로 위 언니인 경순과 아버지 몰래 야학에 다녔습니다. 야학에 가서 한글을 배우기 시작했습니다. 검고 긴 머리에 쌍꺼풀진 큰 눈의 경춘은 총명하고 야무져서 선생님이 특히나 예뻐했습니다. 경춘은 한글 배우기가 재미있었고, 글도 금방 읽고 셈은 가장 빠르게 계산할 수 있었습니다. 낮에는 힘들게 일을 했지만, 저녁 시간에 공부하는 것이 너무나 재밌었습니다. 무서운 아버지 몰래 공부 배우러 가는 것은 늘 조심스러웠습니다. 아버지 몰래, 담장 뒤로 책을 두었다가 조용히 나가곤 했는데, 그것도 몇 달 배우다가 아버지에게 들켰습니다.

"지지빠이들 배울 시간 이시민(여자애들 배울 시간 있으면) 아시들이나 잘 거녕허라(동생들 보살펴라). 조들지 않게(걱정하지 말게 하라), 알아사(알았니)?"라며 어머니에게 크게 화를 내셨습니다.

"경 헐쿠다(알겠습니다)."라고 언니 경순이 작은 목소리로 말했고, 경춘도 고개를 조용히 고개를 끄덕였습니다. 경춘은 늘 고생하는 어머니를 걱정시키고 싶지 않아서 언니랑 야학에는 가지 않기로 했습니다. 야학에 나가지 못하고 공부를 하지 못하게 되어서 슬펐습니다. 야학 선생님이 공부하러 나오라고 몇 번 연락을 했지만, 아버지 말씀을 어길 수는 없었습니다.

경춘은 늘 어린 동생들을 업고 다녔습니다. 동생을 업고 바닷가에도 가고 밭에 나가서 일도 하고 아궁이에 밥도 지었습니다. 경춘의 동생들은 계속 태어나서, 다섯 명이나 되었습니다. 늘 업어야 할 어린 동생들이 있었습니다. 가끔은 경춘도 동생들을 업지 않고 친구들처럼 마음껏 뛰어다니고 싶었습니다. 늘 동생을 업고 있으니 빨리 뛰지도 못하고 여름이면 땀도 나고 동생들이 오줌과 똥을 싸면 옷을 버리기도 했습니다. 뛰어다니다가 넘어져서 동생들이 조금이라도 다치면 아버지에게 크게 혼이 났습니다. 그 시절에는 전깃불도 없어서 호롱불을 켜고, 수돗물도 없어서 우물에서 물을 길어다 먹어야 했고 빨래도 동네 우물가에 나가야 할 수 있었습니다. 경춘은 새벽부터 밤까지 일하시는 어머니를 돕고 싶었고, 어린 동생들은 배고프게 크지 않길 바랐습니다.

9살 때부터 감자밭에 가서 일하고, 성산 앞바다에서 캐 온 조개를 팔았습니다. 경춘은 고모를 따라 장사를 배우기 시작했습니다. 한글도 조금 읽을 수 있었고, 셈이 빠른 경춘은 아주 똑똑하게 장사를 해냈습니다. 11살 때부터는 혼자서 장사를 해서 돈을 벌었습니다. 집에 가는 날이면, 어머니 아버지 먹을 것과 동생들 신발, 옷, 공책을 샀습니다. 동생들은 계속 태어나 가족은 많았고, 살림은 나아지지 않아 늘 배고팠습니다. 경춘은 여동생들도 학교에 다니며 공부를 마음껏 하고, 배불리 먹이고 싶었습니다.

13살 장사를 배우던 경춘은 고모를 따라 완도에서 물질을 배웠습니다. 검은색 고무 옷을 위아래로 입고, 길고 검은 머리카락을 동여매 올리고, 검은색 고무 모자와 수경을 쓰고, 오리발을 신습니다. 허리에는 무거운 납 벨트를 찹니다. 한 손에는 테왁 망사리, 허리에는 빗창과 까꾸리를 차고 바닷속으로 들어갑니다. 경춘은 바다의 빗창과 까꾸리만 있으면 깊은 바닷속에 들어가 작은 바위틈 사이에 숨은 전복과 성게를 잡아냅니다.

애기해녀인 경춘은 숨이 막혀도 꼭 참고 가장 깊은 바다 밑으로 내려가는 상군 중에 대상군입니다. 숨을 오래오래 참고 가장 깊은 바다까지 들어가면 바다의 해초들이 파도에 몸을

맡겨 춤을 춥니다. 바닷속에서 산호초 사이의 물고기들이 헤엄을 치고 커다란 조개들과 문어가 해초 사이에 숨어 있습니다. 가장 깊은 바다에 들어가 비싼 전복을 다른 사람들보다 열 배 이상 많이 잡는 경춘은 바다 사냥꾼 중에 최고의 사냥꾼이었습니다.

숨을 한참을 참고 올라온 경춘의
큰 숨비소리는

호오~~~~~이~~~~, 호오~~~~~~~이~~~~

폐 깊숙이에서 퍼져 나와 긴 숨이 바람을 타고 제주도 성산 앞 바다 어머니 동생들이 들을 수 있을 만큼 날아가길 바라봅니다. 돈을 많이 벌어서 아버지와 어머니에게 밭을 사 주고 동생들은 예쁜 옷과 신발을 신고 학교에 가 공부를 원하는 만큼 할 수 있게 하고 싶었습니다.

처마 밑의 고드름이 땅을 향해 수북이 피어나는 겨울날, 바닷속은 손과 발이 떨어져 나갈 것처럼 시립니다. 물수경과 고무 옷 사이로 차가운 물이 바늘로 찌르듯이 살을 에입니다. 그래도 숨을 참고 또 참고 바다 깊이깊이 내려갑니다. 경춘은 바닷물이 살 속에 파고들 만큼 추워도, 모든 것을 삼킬 듯한 세찬 파도에도 어머니와 아버지, 동생들이 배고프지 않고 공부할 수 있게, 숨도 참고 추위도 참고 깊은 바다로 내려갑니다.

경춘의 마음일기

고무 옷을 입꼬 준둥이 납을 맨,

(고무 옷을 입고 허리 납을 매고,)

센 바당 안트레 드러가우다,

(거친 바닷속으로 들어갔다.)

짚직허고 왁왁헌 바당 안튼 귀눈이 왁왁하우다,

(깊고 컴컴한 바닷속은 귀와 눈이 컴컴하다.)

모수완 조들련 숨이 맥혀도,

(무서워 애가 탔고 숨 막혀도,)

더 짚직 드러강 전복, 헤섬, 문어를 심어왕수다,

(더 깊이 들어가 전복, 해삼, 문어를 잡아 왔다.)

어멍 아방 아시들 맛좋은거 사당줘 좋수다,

(어머니, 아버지, 동생들 맛있는 거 사다 줘서 좋다.)

늘 동생들을 업고 다니던 어린 여자아이,

깊고 푸른 바닷속에서 부모님과 어린 동생을 위해

숨을 참았던 바다 사냥꾼이 되었던 소녀,

얼굴에는 깊은 주름이 파이고 검은 머리카락은 흰 눈이 내

려앉은 할머니가 되었습니다.

엄마가 들려준 할머니 어린 시절 이야기는 동화 속 옛날 이

야기처럼 들렸습니다.

할머니가 살던 세상

근후는 동화책에서 봤던 그 무서운 6.25 전쟁 때 할머니가 살았다니 믿기지 않았습니다. 폭탄이 터지고 총을 쏘고 사람들을 끌고 가고 죽이는 영화 속 장면은 무서웠습니다. 작은누나가 총을 가지고 노는 근후를 보고 전쟁은 나쁜 거라며 혼내는 이유를 조금은 알 것 같았습니다.

근후 나이일 때 할머니가 그런 무서운 전쟁을 겪었다고 하니 할머니가 불쌍했습니다. 할머니가 살던 시대는 늘 배가 고팠다고 합니다. 다른 나라의 친구들이 배고프게 산다는 것을 책에서 본 적이 있는데, 우리 할머니가 배고프게 살았다는 것이 상상되지 않았습니다. 근후는 먹을 것이 없어서 배고픈 사람은 다른 나라에 사는 사람들 이야기라고 생각했습니다.

할머니는 어렸을 때 가난해서 한글을 배운 적도 없어서 한글을 혼자서 공부했고, 어려서부터 밭에서 일했습니다. 학교에서 선생님께 배우지 못하고, 혼자서 공부해서 읽고 쓰는 것이 느리고, 영어는 배운 적이 없어서 모릅니다.

근후랑 친구들은 학교에 가서 선생님에게 한글도 배우고 노래도 배우고 재밌게 놀기도 하는데, 할머니는 어릴 때부터 학교도 다니지 못했고, 일했다는 것을 처음 알았습니다.

근후는 집에 있는 텔레비전이나 세탁기 이런 기계들은 아주 옛날부터 있는 것인 줄 알았습니다.

할머니가 살았던 세상에는 이런 기계들이 없었다고 합니다.

할머니는 어렸을 때, 6.25 전쟁으로 학교와 집이 모두 부서졌고, 먹을 것이 없어서 배고픈 어린 시절을 보냈다는 것을 알았습니다.

근후는 어렸을 때부터 아파트에서 살았고, 냉장고에는 먹을 것이 가득했습니다.

할머니는 우물에 가서 물도 길어 와야 먹을 수 있고 물을 데워야 목욕을 할 수 있었습니다.

근후는 수돗물과 뜨거운 물이 언제든지 나와서 언제든지 씻고 따듯한 물로 목욕도 할 수 있습니다.

할머니는 방을 따뜻하게 하기 위해서는 산에서 땔감을 해와 아궁이에 불을 지펴야 한다고 했습니다.

근후는 일 년 내내 보일러만 켜면 언제나 따뜻했습니다.

할머니는 쌀도 절구로 찧고, 떡도 집에서 해 먹고,
닭과 돼지를 집에서 키워서 명절에만 먹을 수 있었다고 합니다.

근후는 전화 한 통이면 배달로 피자를 먹을 수 있고, 에어
프라이기로 언제든지 좋아하는 치킨과 탕수육을 먹을 수 있습니다.

할머니는 우물이나 냇물에서 빨래했다고 합니다.
근후네는 세탁기에서 빨래부터 건조까지 다 해 줍니다.

할머니는 더운 여름에도 얼음은 아주 귀한 음식이어서 먹을 수 없고, 선풍기도 없었다고 합니다.
근후는 냉장고도 두 대나 있고 방마다 에어컨이 있는 집에서 언제든지 시원한 음식과 아이스크림을 먹을 수 있었습니다.

할머니는 현금만 사용하고 늘 시장에 가서 무거운 물건을

직접 들고 옵니다.

　근후는 엄마가 카드로 물건 사는 것을 훨씬 많이 보았고, 휴대전화와 컴퓨터로 물건을 사면 택배 아저씨가 집 앞까지 물건을 가져다줍니다.

　할머니는 어렸을 때, 전화가 없어서 편지로 연락을 했다고 합니다.

　근후는 스마트폰 영상통화로 멀리 출장 간 아빠 얼굴도 보고 목소리를 언제든지 들을 수 있습니다.

　할머니가 살았던 세상에는 근후가 좋아하는 스마트폰도 없었고, 컴퓨터도 없는 세상이었다는 것을 알았습니다.

　바닷속에는 물고기들만 있다고 생각했는데, 잠수함 없이 바닷속에 들어가 바다 생물들을 잡는 할머니가 바닷속에 있었다는 것이 신기했습니다.

근후는 밤바다가 무섭고, 깊은 바닷속에는 괴물이 나올 것처럼 무섭다고 생각했습니다.

할머니는 깊은 바닷속에 들어가서 숨도 안 쉬고 잠수를 한다는 것이 인어공주 이야기 같았습니다.

근후는 바닷속을 컴퓨터 게임을 통해 잠수함을 타고 가 괴물을 물리쳤습니다.

할머니는 바다에 직접 들어가 바위에 딱 붙어 있는 전복과 괴물처럼 무서운 큰 문어를 사냥했다는 것을 처음 알았습니다.

할머니에게 디지털 기계들은 근후가 모르는 외국의 말과 같아서 어렵다는 것을 알았습니다.

할머니가 살았던 세상은 근후가 책에서 본 옛날이야기 속 세상 같다고 생각했습니다.

근후의 마음일기

할머니와 전쟁 ☀ ☁ ☁ ☂ ☼

전쟁은 동화책 속과 텔레비전에서만
나오는 줄 알았다.

총을 가지고 매일 노는데
작은누나가 전쟁은 나쁜 거라고
총을 가지고 놀지 말라고 했다.

할머니는 바다 사냥꾼이지만
총을 쓰지 않고 사냥을 했다.
학교에 다니지 못하고
매일 일을 했다.

할머니는 디지털 기계가
없는 세상에서 살았다.

할머니는 내가 모르는
다른 세상 사람 같다.

무서운 전쟁 시대에 살았고
배 고프고 학교도 다니지 못했던
할머니를 생각하니 불쌍했다.

디지털 기계 괴물과 수호기사

엄마에게 6.25 전쟁과 할머니 이야기를 들은 밤 근후는 꿈을 꾸었습니다. 높은 빌딩 사이 멋진 스포츠카, 날아다니는 드론, 곳곳에 춤추는 로봇들과 주문받는 기계, 음식을 가져다주는 로봇, 멋진 자동화 기계들이 가득한 세상이었습니다. 메타버스 속 마이클처럼 근후는 멋진 모습입니다. 멋진 기계들이 많은 도시에서 선글라스를 쓰고 멋지게 음악도 듣고 춤도 추고 멋진 오픈 스포츠카가 빠르게 달리고 있습니다.

저 멀리 할머니가 보였습니다. 근후는 기분 좋게 할머니를 향해 손을 흔들었습니다. 멋진 영어 이름의 빌딩들과 기계들 사이에서 할머니는 아파트 이름도 찾지 못하고, 화살표 방향 표시가 있는데도 반대 방향으로 가고 있습니다. 길을 찾지 못해 헤매고 있는 것 같았습니다.

→ 서촌파라다이스더퍼스트빌리지 207동 717호

　비밀번호 0212#

할머니는 우리 아파트 방향이 아닌 행복마을 아파트 쪽으로 가고 있습니다.

'왜 할머니는 화살표 반대 방향으로 가지?'

"할머니! 할머니!"

근후가 할머니를 불렀지만, 할머니는 듣지 못합니다. 화살표들과 엘리베이터 버튼들이 나와서 할머니 주위를 돌기 시작합니다. 6.25 전쟁에서 군인들이 총을 들고 싸웠던 것처럼,

기계들이 공격하기 시작했습니다. 푸른 하늘이 회색빛으로 변하고 검은 구름이 하늘을 덮기 시작했습니다. 숫자들이 나오기 시작하는데, 그 숫자를 터치만 하면 문이 열리는데 할머니는 몇 번이나 느리게 틀린 숫자 고르고, 터치 대신에 꾹꾹 눌렀습니다.

"할머니, 누르기가 아니라 터치예요. 다시 눌러 보세요."

잘못 누른 숫자를 다시 옳게 누르려고 하면 숫자판이 또 바뀌어 버립니다. 숫자판을 빨리 찾지도 못하고 터치 대신 누르기만 하는 할머니 앞에 문이 열리지 않고 닫혀 있습니다.

할머니는 10m나 멀어지고 할머니는 키가 10cm 줄어들었습니다. 할머니가 멀어지고, 작아지자 근후는 가슴이 쿵쾅거리고 조금 겁이 나기 시작했습니다. 목소리도 마음처럼 크게 소리가 나지 않습니다.

더 작아져 버린 할머니를 리모컨과 디지털 기계들의 수많은 기호가 나오더니, 주위를 에워싸며 기호 공격을 했습니다.

⏻, 🔊, ▶, ■, #, *, $, %, 다양한 기호들이 나왔습니다.

"전원 표시를 누르세요."

"음소거를 선택하세요."

"#을 누르세요."

전원을 눌러야 하는데 음소거를 누르고, # 대신 *표를 누르자 기호들이 점점 커지더니 문을 막아 버렸습니다. 할머니는 20m 멀어지고 키가 20cm 줄어들어 근후랑 비슷해졌습니다. 할머니가 점점 멀어지고 작아지는 모습을 보며 근후는 무서워졌습니다.

멋진 빌딩과 기계들이 더는 멋져 보이지 않았습니다.

저 멀리 할머니 앞에 마트의 무인 계산기와 무인 아이스크림 기계들이 나오더니 할머니 주위를 맴돌았습니다. 바코드 모양이 뾰족한 화살처럼 춤을 추고, QR코드가 점점 커져서 하늘을 까맣게 덮어 버렸습니다. 테이크아웃, 사이즈, 레귤러, HOT 등 어려운 단어들과 부호들, 바코드가 날아다니며 주문을 요청했습니다.

"바코드를 찍으세요."

"사이즈를 선택하세요."

"QR코드를 스캔하세요."

라고 계속 주문이 바뀌면서 나

왔습니다.

검은 QR코드가 검은 그물이 되어서 할머니를 포위하려고
했습니다.

"할머니, 바코드 화살과 QR코드 공격을 막으려면 아이스크
림 가게에서 찍었던 것처럼 바코드를 향해 불빛을 쏘세요."

라고 말했지만, 할머니에게는 들리지 않는 듯했습니다. 바
코드들이 자리에서 뛰어나와 성게처럼 크게 뭉쳐지기 시작
했습니다. 성게 바늘처럼 뾰족한 모양으로 공격하기 시작했
습니다. QR코드는 바닷속 검은 민달팽이처럼 생긴 군소 모
양으로 점점 커지더니 할머니를 포위하듯이 에워쌌습니다.

바닷속에서는 빗창과 까꾸리로 훌륭한 사냥꾼이던 할머니는 스캐너도 사용하지 못하고 공격을 당하기만 했습니다. 공격을 받는 할머니는 작은 곰돌이 인형처럼 작아졌습니다.

햄버거 키오스크, ATM, 승차권 자동 발매기들이 점점 커져서 괴물처럼 변하더니, 카드 투입구가 날카로운 이빨을 가진 큰 상어 입으로 변했습니다. 영수증 나오는 구멍에서는 기다란 종이 뭉치가 나와서 거인 문어 다리처럼 공격을 했습니다. 할머니는 높은 벽 앞에 서 있는 것처럼 멍하니 서 있었습니다. 공격을 당하면서도 할머니는 피할 생각도 하지 못하는 것 같습니다. 공격을 당할 때마다 할머니의 키가 줄어들기 시작합니다.

그다음은 스마트폰과 노트북이 나와서 어려운 단어들과 기호들로 할머니를 공격했습니다. 스마트폰이 패턴을 입력하라고 하는데, 할머니는 스마트폰 패턴을 계속 틀렸습니다.

"할머니, 기역 자 모양으로 패턴을 따라 그리세요. 낫 모양으로요."라고 소리를 크게 지르고 싶었지만, 괴물 기계들이 무서운 근후는 목소리가 크게 나오지 않았습니다.

할머니는 반듯한 가로 패턴 대신 사선으로 그어 대기 시작했습니다. 허공에서 터치 대신 꼭꼭 눌러서 계속 변하는 패턴을 따라 하지 못했습니다. 스마트폰에서 나온 쇼핑 앱들이 점점 커지고, 앱에 등록된 카드들이 나와서 인증을 하라며 빛을 쏘았습니다. 할머니는 카드 인증 대신 현금을 계속 화면에 대 보고, 물건 나오는 곳에 넣자 점점 앱들이 큰 입처럼 커져서 할머니를 공격했습니다. 앱들이 바다의 거대한 해초들처럼 할머니들을 에워싸고 돌기 시작합니다. 점점 큰 파도 회오리가 할머니를 삼킬 듯이 어지럽게 돌기 시작합니다. 할머니는 점점 더 줄어들어 스티커처럼 작아져 카드에 붙어 버렸습니다.

멀리서 바라보던 근후는 겁이 났습니다. 멋지다고 생각했던 디지털 기계들이 무서웠습니다. 눈물만 나고, 발은 땅에 붙은 것처럼 떨어지지 않았습니다. 할머니 스티커 카드를 햄버거 키오스크가 먹으려고 합니다. 옆에 있던 아이스크림 기계가 와서 할머니 스티커 카드를 먹으려고 합니다. 할머니 스티커 카드가 투입구 속으로 들어갈 것 같습니다.

근후는 심장이 쿵쾅쿵쾅 큰 북소리처럼 들리기 시작했습니다. 심장이 터질 것 같이 무섭고 두려웠습니다. 온몸에 식은땀이 흐르기 시작했습니다. 뒤돌아서서 멀리 도망가고 싶었지만, 발이 떨어지지 않았습니다. 할머니와 유자밭에서 함께했던 기억, 댄스 대결, 함께 그리던 푸른 바다, 언제나 근후 편인 할머니를 볼 수 없으면 근후는 너무나 슬플 것 같았습니다. 할머니를 좋아하는 아빠 엄마랑 누나의 슬픈 얼굴을 상상하자 근후는 마음이 아파 눈물이 나기 시작했습니다.

근후는 주먹을 불끈 쥐고 돌아섰습니다. 그리고 디지털 기계들을 바라보았습니다. 용기를 내서 발에 힘을 꾹 주고 한 걸음, 한 걸음 기계 앞으로 걸어가기 시작했습니다. 손에도 등에도 이마에도 땀이 나기 시작했습니다. 심장은 터질 듯이 뛰었습니다.

첫 번째 터치 문 앞에 섰습니다. 숫자들이 뛰어나오고 춤추

듯 근후를 에워쌌지만, 근후는 빨리빨리 숫자 터치 비밀번호로 누르고 문을 열었습니다. 문을 지키던 숫자들은 다시 작아져서 숫자판으로 돌아갔습니다. 경비원 모양의 기호를 누르고 도움을 요청했습니다. 요술램프 지니처럼 경비원 아저씨가 나와서 인터폰 기계들이 제자리로 돌아가게 도와주었습니다. 드디어 문이 열렸고 근후는 문을 통과할 수 있었습니다.

두 번째, 다양한 모양의 ATM과 키오스크들이 근후 앞에 나타났습니다. 기계 괴물들과 부딪치기도 하고 넘어져서 근후 무릎에 피가 나고 얼굴에 상처도 났지만, 근후는 피를 봐도 하나도 아프지도 무섭지도 않았습니다. 근후는 화면에 나온 글들을 읽고 단계별로 터치하고 기계들 사이로 들어가 카드로 하나하나 입을 막자 ATM 기계들이 멈췄습니다. 성게처럼 뾰족한 바코드 화살과 큰 바다 괴물 군소처럼 생긴 QR코드가 점점 커져 공격을 시작합니다. 바코드 화살과 QR코드 검정 괴물 공격을 스캐너 불빛이 광선검처럼 쏘아서 하나씩 사라지게 했습니다. 근후는 더는 무섭지 않았습니다. 해적을 물리쳤던 장보고 장군처럼, 하늘을 나는 영웅처럼 날아다니며 막아 냈습니다.

마지막으로 스마트폰, 노트북 쇼핑, 은행 앱들이 파도처럼 일렁이며 할머니 스티커를 향해 돌진합니다. 근후가 스마트폰에 기역 자 모양의 패턴을 빠르게 그려 넣었습니다. Z 모양패턴과 카드 비밀번호 누르기를 빠르게 했습니다. 큰 터치스크린 안에서 춤추듯이 날아다니는 앱을 하나씩 닫아서 공격을 멈추기를 했습니다. 앱을 닫고 닫아도 또 앱이 나와서 힘들고 지쳤지만, 할머니를 구해야 한다는 생각에 날아가듯이 공격을 막았습니다. 마지막으로 모든 앱을 다 닫고 할머니 스티커 카드를 가까스로 잡았습니다.

파란색 카드 속에 할머니는 캐릭터 그림처럼 갇혀 있었습니다.

"할머니, 괴물을 다 물리쳤어요. 이제는 안전해요. 나오세요~"

라고 말했습니다.

할머니는 아무 움직임도 없었습니다.

"카드야, 이제 우리 할머니를 돌려줘."

스마트폰과 노트북 자판에다가 '할머니 나오세요'라고 써도 할머니는 움직이지도 않고 스티커 그림으로 정지되었습니다. 할머니가 이렇게 영영 카

드 스티커에 갇혀 버리는 게 아닐까 근후는 두렵고 눈물이 났습니다.

근후는 기계 괴물들을 물리치느라 등과 손에 땀도 나고, 무릎과 얼굴에 상처들도 아팠지만, 숨이 차고 아픈 것보다도 할머니가 영원히 스티커로 남을까 봐 무서웠습니다.

할머니에게 현관문을 못 연다고 짜증 냈던 일, 한글 공부 함께 하기 싫다고 했던 일, 아이스크림 가게에서 할머니에게 토라졌던 모습들이 스쳐 지나갔습니다.

눈을 질끈 감았던 근후가 작은 스티커가 된 할머니를 쳐다 보았습니다. 할머니랑 근후가 바다 그림 그릴 때 썼던 완도 바다색인 파란색 색연필을 호주머니에서 꺼내서 글자를 쓰기 시작했습니다. 한 글자 한 글자 꼭 할머니가 나올 수 있도록 해 달라는 간절한 마음으로

'김근후 할머니는 한경춘, 할머니 사랑해요.'

라고 글자를 쓰고 카드 속 할머니에게 보여 주며 한자씩 큰 목소리로 읽었습니다.

"김! 근! 후! 할! 머! 니! 는!

한! 경! 춘!

할! 머! 니! 사! 랑! 해! 요!"

할머니에게 들리도록 카드를 뚫어져라 내려 보며 근후가 다시 한번 큰 목소리로 또박또박 읽었습니다.

할머니 스티커가 움직이지 않자, 할머니를 영원히 만날 수 없을 수도 있다는 무서운 생각에 근후의 눈물이 카드 위에 똑똑 떨어졌습니다. 갑자기 파란색 카드에 눈물이 떨어지자 완도 바다처럼 파도가 조금씩 일렁이기 시작했습니다. 근후가 쓴 파란색 글자들이 카드 위로 날아가 할머니 발밑에서부터 조금씩 파도를 만들어 움직이기 시작했습니다. 할머니의 발이 조금씩 움직이기 시작합니다. 깊은 바다에서 수영하듯이 두 손을 높이 들었지만, 발이 움직이다가 또 걸립니다.

"김근후 할머니는 한경춘! 힘을 내세요. 할머니, 근후에게 돌아오세요. 사랑해요."

근후의 눈물 한 방울이 또, 할머니 다리 위로 뚝 떨어졌습니다. 눈물이 완도 바다의 파도처럼 번지기 시작했습니다. 할머니가 수영하듯이 계속 손과 발을 흔들어 대자 서서히 카드 위로 올라오기 시작했습니다. 할머니 머리카락 끝이 카드 꼭대기를 넘어 뽀글뽀글 살아났습니다. 할머니 머리가 탁구공만큼 야구공만큼 커지더니 곰 인형처럼 점점 커져서 다시 근후 할머니로 돌아왔습니다. 할머니의 주름진 이마도 보이기 시작하고 꼬불꼬불 파마머리도 다시 돌아왔습니다.

진짜 근후 할머니가 돌아온 것을 확인하자 근후는 다리에 힘이 풀리더니 눈물이 나서 엉엉 울었습니다. 할머니의 거친 손이 근후의 눈물을 닦아 주고 따뜻하게 안아 주었습니다. 터질 것 같던 심장도 이제는 조금씩 진정이 되었습니다. 근후는 할머니를 꼭 껴안고 두 번 다시 기계 괴물들이 할머니를 공격하지 못하도록 지켜 주겠다고 다짐했습니다.

근후의 마음일기

기계 괴물과 할머니 ☀ ☁ ☁ ☂ ☃

어제 꿈속에서 많은 기계 괴물들이
할머니를 공격했다.
할머니는 기계 괴물들의 공격을 받아서
작은 스티커처럼 줄어들었다.
카드에 붙어 버린 할머니가
괴물들에게 잡아먹힐까 봐 무서웠다.

괴물들이 무서워서
도망치고 싶었지만,
할머니를 영영 보지 못한다고
생각하니 눈물이 나고 슬펐다.

할머니가 기계 괴물들에게 잡아먹히지 않도록
기계와 부호 공부를 하기로 했다.

어떤 기계 괴물들도 우리 할머니를
공격하지 못하도록
지켜 주는 수호기사가 되어야겠다.

할머니와 디지털 훈민정음

꿈속에서 한참을 울다가 잠을 깬 근후는 할머니와 작은누나가 자는 방으로 뛰어가 진짜 할머니가 있나 확인했습니다. 할머니 주름살도 그대로이고, 거친 손도 확인하고, 꼬불꼬불 파마 머리카락도 보니 근후 할머니가 맞았습니다. 근후는 할머니 옆에 눕자 할머니가 포근히 안아 주었습니다. 근후는 잠에서 깬 작은누나에게 할머니가 디지털 기계 괴물들에게 잡아먹히는 꿈을 꾸었다고 이야기했습니다.

이 세상에 많은 디지털 기계 괴물들에게 할머니가 잡아먹히지 않도록 터치 연습도 하고, 패턴 그리기, 부호랑 카드, 한글 공부, 디지털 기계 이용법을 할머니에게 가르쳐 주자고 했습니다. 어떤 기계 괴물이 나와도 근후는 더 강해져서 할머니를 지켜야겠다고 다짐했습니다. 근후는 할머니의 수호기사이자 선생님이 되기로 했습니다. 근후는 책꽂이에서 근후가 7살에 봤던 《기호는 재미있다》 책을 꺼내와 할머니랑 같이 기호 공부를 하고, 한글 공부도 하기로 했습니다. 할머니가 좋아하고 잘 아는 내용으로 한글 공부를 하기로 했습니다. 밭에 있는 채소와 과일 이름 맞추기도 했습니다.

"할머니 이 그림을 보고 글자 쓰기 연습을 해요."

"그리어, 근후한테 인자부터는 열심히 배워야겠다."

"할머니 바다에 살고 있고, 검은색이고 어제 아빠 술안주로 무침한 것은 무엇일까요?"

"그건 굴맹이[1]제."

---

1) 굴맹이는 군소의 전라도 사투리

"근후가 감기 걸리지 않게 겨울에 만드는 차를 만드는 과일은 무엇일까요?"

"유자제."

"그다음은 근후랑 작은누나가 매워서 못 먹는 건 무엇일까요?"

"고것은 짐치 맹그는 고추제."

"맞아요. 매운 고추예요.

그림 위 칸에 글씨를 함께 써 봐요."

"이런 글자는 잘 쓰제."

근후가 할머니랑 한글 공부와 기호를 더 열심히 배워서 할머니의 선생님이 되기로 했습니다. 할머니는 기호와 글씨를 배워도 자주 잊어 먹고 디지털 기계가 어렵다고 합니다. 그래도 근후랑 열심히 디지털 기계들을 함께 반복해서 공부하기로 했습니다.

작은누나는 할머니랑 근후가 집 안에 있는 가전제품 기호들을 보고 그리기 놀이를 하자고 했습니다. 기호를 그려 오면 어떤 가전제품에 있는 것인지 맞추기도 하고, 기호의 뜻 설명하기 놀이를 했습니다.

할머니 집에 혼자 계셔도 이제는 할머니가 좋아하는 트로트를 마음껏 들을 수 있도록 리모컨 사용법도 공부하기로 했습니다. 리모컨 기호를 그림으로 그리고 퀴즈도 내고 함께 작동법도 연습했습니다.

엄마는 "디지털 기호 퀴즈 대결을 할 때마다 정답을 맞힌 사람 점수를 매겨서 꼴등이 치킨을 사면 어떨까?"라고 말했습니다.

"엄마, 좋아요, 저는 자신 있어요." 근후가 말했습니다.

"나도 좋제, 나야 배워서 좋고, 꼴등 나서 치킨을 사도 근후가 맛있게 묵으면 좋제."라고 할머니가 말했습니다.

근후는 할머니랑 함께 노는 것이 다시 즐거워졌습니다.

큰누나가 패턴 그리기와 글자 연습을 할 수 있는 디지털 훈민정음 앱을 다운받아 주었습니다.

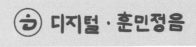

근후는 할머니랑 스케치북으로 기호와 글자 연습도 하고, 스마트폰으로 패턴 그리기, 글자 쓰기 놀이 공부를 하기로 했습니다. 이제 할머니도 터치도 하고 사진 찍어 문자 보내기도 할 수 있게 되었습니다. 작은누나는 할머니에게 카드 사용법을 알려 주기로 했습니다. 함께 은행에 가서 카드를 만들고, 교통 요금 내기, ATM 이용하여 돈 찾기, 무인 아이스크림과 무인 판매대 물건 사기를 연습하기로 했습니다. 이제는 어떤 괴물 기계들이 나와도 근후와 할머니는 다 이겨 낼 수 있습니다. 더 무서운 괴물 기계들이 나와도 근후는 할머니를 지킬 수 있다는 자신감이 생겼습니다. 이제는 할머니에게도 디지털 기계들은 괴물이 아니고 친근한 친구가 되었으면 좋겠습니다.

근후네 집에서 가족들과 친척들이 주말에 모임을 하기로 했습니다. 고모들이랑 사촌 형과 누나들까지 온 가족이 모였습니다. 저녁 식사를 한 후, 장기자랑이 있었습니다. 노래를 잘

하는 사촌 누나는 멋진 노래를 불렀습니다. 할머니는 신나는 음악에 흥겹게 춤을 추고 작은누나는 기타 연주를 했고, 쌍둥이 친척 동생들은 상어 가족 음악에 맞춰 멋진 율동을 했습니다.

근후의 차례가 되었습니다. 근후는 너튜브에서 본 멋진 래퍼처럼 랩을 부르기로 했습니다. 모자도 삐딱하게 쓰고, 형이 선물해 준 해골 목걸이도 하고, 찢어진 청바지에 가죽으로 된 긴 코트도 입었습니다. 사촌 누나가 사 준 멋진 마이크까지 준비했습니다. 이번 노래는 근후가 직접 가사도 썼습니다. 드디어 근후 차례가 되었습니다. 손에 조금 땀이 나기도 하고 심장도 쿵쾅거렸습니다. 그래도 용기를 내서 무대 위에 올라갔습니다. 근후가 나오자 할머니랑 아빠 엄마 누나들까지 모두 힘차게 손뼉을 쳤습니다. 근후는 할머니를 향해 손을 흔들며 랩을 시작했습니다.

디지털 훈민정음

애들아 애들아
디지털 훈민정음

애들아 애들아
디지털 훈민정음
할머니에게 알려 주라

너희 할머니들만
알려 주지 말고
친구들 할머니들에게도
얘기해 줘

너도, 나도
할머니들도

디지털 훈민정음

애들아 애들아
디지털 훈민정음
할머니랑
꼭 꼭 꼭 해라잉

근후의 멋진 공연을 마치자 모든 사람이 크게 손뼉을 쳤습니다. 스마트폰 플래시도 터지고, 가족들이 사진과 동영상도 계속 찍었습니다. 근후는 멋진 가수가 된 것처럼 우쭐해졌습니다.

공연이 모두 끝나고 아빠가 근후에게 물어봤습니다.
"근후야, 훈민정음이 무슨 말이야?"
"아빠, 옛날 옛적에 우리나라는 어려운 중국 글자인 한문을 썼대요. 그래서 사람들이 글자를 못 읽고 힘들어하니까, 쉽게 읽고 쓰라고 세종대왕이 한글을 만들었다고 해요. '기역, 니은, 디귿' 이렇게 쉽게 쓸 수 있게요. 그게 훈민정음이에요."

"그러면 디지털 훈민정음은 다른 거야?"

"우리 할머니가 살았던 세상에는 디지털 기계들이 없었잖아요. 전쟁도 하고, 배도 고팠던 거 아빠도 알아요?"

"아빠도 잘 알지."

"할머니는 기계가 없는 세상에서 살았으니까, 기계와 기호를 잘 모르잖아요. 그러면 기계 괴물을 만나면 할머니가 힘들어지잖아요. 그러면 어떻게 해야 할까요?"

"할머니도 기계 사용법과 기호를 배워야겠구나."

"딩동댕, 맞아요. 아빠.

세종대왕이 글자를 만드는 것처럼 쉬운 그림으로 할머니에게 디지털 기계를 알려 드릴 거예요."

"아, 그래서 디지털 훈민정음이야?"

"맞아요. 세종대왕이 만든 한글 이름이 처음에는 훈민정음이었다고 해서, 저는 디지털 기계 훈민정음을 할머니에게 알려 드리려고 하는 거예요.”

“그렇구나, 디지털도 훈민정음이 필요하구나. 아빠보다 근후가 훨씬 할머니를 위하는구나. 그런데 근후야, 노래에서 왜 우리 할머니 말고도 친구 할머니들도 알려 주라고 했어?”

“아빠, 생각을 해 보세요. 우리 할머니만 알려 주면. 친구들 할머니들은 모르잖아요. 그러면 아파트 문도 못 열고 아이스크림도 못 사고, 텔레비전도 못 볼 텐데, 그러면 디지털 기계들을 만나면 우리 할머니가 힘들게 되듯이 친구 할머니들도 힘들어질 테니까, 친구도 할머니에게 디지털 훈민정음을 알려 줘야 하는 건 당연하지요!”

“그렇구나, 아빠도 생각을 못 했는데, 친구 할머니들도 디지털 훈민정음을 함께 공부해야겠구나. 그러면 맨 마지막에 ‘꼭 해라잉’이라는 말은 왜 썼어? 근후가 쓰는 말이 아닌 것 같은데?”

"지난번에 아빠가 완도에서 할머니들이 쓰는 말로 하면 더 잘 이해한다고 했잖아요. 그래서 '해라잉'은 할머니들이 쓰는 말이어서 디지털 훈민정음 잘 이해하시라고 그렇게 말한 거예요."

아빠는 근후 머리를 쓰다듬으며
"우리 근후는 정말 멋쟁이구나. 할머니 수호기사뿐만 아니라 친구들 할머니 수호기사구나, 할머니가 이해하기 쉬운 말도 쓰고, 아빠보다 할머니를 더 잘 지키는 멋진 근후가 자랑스럽다."
라고 말했습니다.

근후는 할머니랑 디지털 기계 단어 익히기, 노래 만들기, 그림 그리고, 퀴즈 놀이도 하며 재밌게 놀았습니다.
친구들 할머니도 디지털 괴물들에게 잡아먹히는 무서운 일들은 절대 일어나지 않도록 함께 공부하자고 해야겠습니다.

이제는 빙그레 웃는 섬 완도에 사시는 할머니랑 할머니 친구
들도 빙그레 웃으며 생활할 수 있을 것 같다는 생각에 근후는
빙그레 웃었습니다.

디지털 시대, 공감의 사회를 꿈꾸며

완도에 사는 1946년생 어머니와 광주에 사는 2013년생 조카 이야기를 모티브로 디지털 시대 어려움을 겪는 어르신들의 이야기와 세대 간 공감을 이야기로 썼습니다. 1970년대생 고모와 2000년대생 조카가 글을 쓰고 그림을 그렸습니다.

디지털 기기를 대면하면서 느꼈던 어려움, 주위 분들과 가족들의 이야기들을 모아 책으로 엮었습니다. 어린이들이 조금 더 쉽게 읽을 수 있기를 바라는 마음, 한글이 아직도 어려운 200만 명 이상의 실질 비문해 어른[2]들도 쉽게 읽을 수 있는 책이길 바랍니다.

---

2) 교육부, 국가평생교육진흥원, 제3차 성인문해능력조사 결과에 따르면 읽기와 셈하기가 힘든 성인 인구 약 200만 명.

2020년 1월 코로나 19로 인해 세상의 변화가 빨라졌습니다. 소비, 문화, 교육, 공공서비스, 기업활동, 물류 모든 생활이 변화하고 있습니다. 키오스크, 언택트, 터치, 패턴, 정보통신기술, 4차 산업혁명, AI, 빅데이터, 가상현실 등 새로운 단어들이 일상 속에 빠르게 들어왔습니다. 비대면 사회에서 정보 격차는 더 커지고 소외되는 사람들이 많아졌습니다.

이러한 사회에서 어려움을 겪는 분들이 멀리 있지 않습니다. 저희 어머니이고 아버지이고, 삼촌, 숙모, 언니, 오빠일 수 있습니다.

텔레비전 리모컨이 작동이 안 되어서 외부입력 화면만 뜨면 긴장하는 어머니,
시도 때도 없이 울려대는 휴대전화 알람 때문에 며칠씩 스트레스를 받았다는 할머니,
에어컨 리모컨 배터리가 없는데 에어컨이 고장 났다고 하

는 어르신,

보일러 온수 온도만 높여 놓고 난방 설정을 하지 못하고 집이 춥다고 하시는 할아버지,

디지털 도어락 때문에 딸 집에 못 들어가는 어머니,

외래어와 부호로 된 전자제품 사용 설명서 이해가 어려운 어르신,

은행 창구에서 돈을 찾고, 계좌이체를 할 때는 돈 받을 사람과 창구 직원을 직접 통화하게 해서 계좌번호를 확인하는 할머니,

키오스크 햄버거 주문을 못 해 울었다는 중년의 어머니,

기차역의 많은 무인 발권기 대신 몇 개 안 되는 창구에서 줄을 서서 표를 예매하는 어르신,

버스 자동 발매기 앞에서 어찌할 바를 몰라 서성이던 할머니,

기차 탑승구 QR코드 체크하라는 말이 어려운 외국인,

카드가 없어 커피나 밥을 사 먹을 수 없다는 어르신,

눈높이도 안 맞고, 음성 지원, 점자 서비스도 안 되는 키오

스크 사용이 어려운 장애인,

한 번쯤 보거나 겪어 봤을 장면입니다.

더 편리한 세상이 되었다고 하지만, 더 불편한 분들도 많습니다.

같은 세상 다른 세대가 함께 살아가기 위한 공감 이야기를 나누고 싶었습니다. 어린이들부터 청소년, 청년, 중장년, 어르신들까지 쉽게 읽고 한 번쯤은 함께 생각해 보고 싶은 이야기입니다.

세종대왕께서 "백성을 위한 바른 소리 ― 훈민정음"을 만들었던 그 마음을 생각합니다. 자음과 모음을 한 글자 한 글자 가르치고 배울 수 있게 만들었던 그 마음으로 디지털 기초 교육 필요성에 대한 공감이 확산되기를 희망합니다.

터치와 누름의 차이를 모르는 아날로그 기계에 익숙한 어르신이 터치가 어렵다는 것을 공감하는 사회가 되길 기대합니다.

화살표 방향 표시를 이해하지 못하고 전원 기호를 모르는 어르신들, 기계가 고장 날까 봐 만지지 못하는 어르신들께 기초원리부터 단계별, 반복 학습, 디지털 기기를 활용한 체험 학습이 필요하다는 것을 알리고 싶었습니다.

근후가 할머니에게 알려 주고 싶었던 디지털 훈민정음, 우리 할머니가 아닌, 친구들 할머니에게 알려주고 싶다는 공감의 마음을 함께 나누고 싶습니다. 70대 할머니와 8살 손자가 함께 행복한 세상, 조금 더디 가더라도 함께 살아가는 따뜻한 세상을 꿈꿉니다.

할머니와
디지털 훈민정음

ⓒ 세미가, 2022

초판 1쇄 발행 2022년 3월 15일

지은이   세미가
그린이   규리안
펴낸이   이기봉
편집   좋은땅 편집팀
펴낸곳   도서출판 좋은땅
주소   서울특별시 마포구 양화로12길 26 지월드빌딩 (서교동 395-7)
전화   02)374-8616~7
팩스   02)374-8614
이메일   gworldbook@naver.com
홈페이지   www.g-world.co.kr

ISBN   979-11-388-0743-2 (03810)

이 책의 수익금의 일부는 디지털 격차 해소를 위해 (사)디지털시대공감 사업에 쓰입니다.